短篇小说集

矮脚楼

王才兴——著

百花洲文艺出版社
BAIHUAZHOU LITERATURE AND ART PRESS

图书在版编目（CIP）数据

矮脚楼／王才兴著. -- 南昌：百花洲文艺出版
社，2024.9. -- ISBN 978-7-5500-5118-8

Ⅰ. I247.7

中国国家版本馆 CIP 数据核字第 2024GD8785 号

矮脚楼
AIJIAOLOU

王才兴／著

出 版 人　　陈　波
责任编辑　　郝玮刚　蔡央扬
装帧设计　　书香力扬
制　　作　　书香力扬
出版发行　　百花洲文艺出版社
社　　址　　南昌市红谷滩区世贸路 898 号博能中心一期 A 座 20 楼
邮　　编　　330038
经　　销　　全国新华书店
印　　刷　　四川科德彩色数码科技有限公司
开　　本　　880 mm×1230 mm　1/32　　印张　8.375
版　　次　　2024 年 9 月第 1 版
印　　次　　2025 年 1 月第 1 次印刷
字　　数　　157 千字
书　　号　　ISBN 978-7-5500-5118-8
定　　价　　50.00 元

赣版权登字　05-2024-222

网址　http://www.bhzwy.com
图书若有印装错误，影响阅读，可与承印厂联系调换。

笔下波澜　胸中意象

——王才兴小说集《矮脚楼》序

　　毫无疑问，小说在当下不失为一种大众喜闻乐见并且拥有广泛读者与市场的精神食粮。读者阅读小说，最基本的兴趣与目的就是故事，通过故事的涉猎，体验某种奇遇所带来的心灵的震颤，获取人生的种种感悟、启示与慰藉。诺贝尔文学奖得主、法国作家勒·克莱齐奥将小说视为一种"诗意的历险"，他在访谈中提道："小说家的使命之一便是引领读者走出封闭，去看那更远的、跟自己不一样的地方。"在我看来，这也是文学这一艺术劳动的魅力之源泉，之魂魄，之基座。文学作品，离不开作家对世界的经验、观察与想象，相对而言，小说创作的难度更大，也更具挑战性。成都平原这个窗外滴答着绵延雨水的冬夜，因为与王才兴先生的小说集《矮脚楼》相遇，也基于对这样一部用心之作的深入阅读，故事文本所带来的愉悦与满足在我心头并驾齐驶，在惊讶于作家笔下世界如此丰富幽邃、如此真实鲜活的同时，也真切地感受到这种完完全全来自文学阅读自身的魅力、小说的魅力、故事的魅力。如果说文学的阅读行动，可以帮助读者"挖掘、探索，以及发展我们各自的自我和独异性"，其实，对写作者而言，何尝不是如此。

作家王才兴先生通过自己的用心书写，以《长夜漫漫》《归宿》《水老虫》等十二篇小说，精心构建、精心编织出一个独特而隐秘的江南世界，寺北街为中心的人事风物的反复出现与描摹，使得小说集整体上有了鲜明的地域色彩，有了难以抹去的独特文学标记。这是我对这部小说集的阅读感受。《文学为什么重要》如此定义："文学是一场鲜活的交谈。"我深以为然，想说的是，身居蜀地的我虽与远在江南的王才兴先生素未谋面，甚至没有过只言片语的交流，好在有书牵线搭桥，对小说集《矮脚楼》收录的十二篇作品的系统阅读，让我认识了江南的作家王才兴，记住了这样一位阅历丰厚、笔力精湛的优秀作家。冥冥中，我和作者本人似乎有了对话，有了交集，这是读者与作家的相遇，也是灵魂与灵魂的对话。深夜，我仿佛面对着一个极擅讲故事也极具亲和力的老友——通过他从容不迫的讲述，我与江南有了美好的邂逅与交流。是的，跟随作家对江南风土民情、乡亲父老掌故如数家珍般的讲述，跟随故事中那一个个活灵活现的人物，我逡巡于江南的一茬茬隐秘岁月、一块块隐秘角落，以及红尘男女形形色色的隐秘人生，经历着、见证着那奇遇、故事、命运不断扑面而来又百感交集的旅程。

　　"一个作家，应该努力找到属于自己的题材、语言、风格，写出自己的特色和个性。"这是我在文学笔记中记下的一句话。在我看来，王才兴先生的《矮脚楼》这部小说集，便有着这样一种坚定的文学姿态，不失为一次高标准的文学创作实践。阅读中，能够感受到作家对故事精心的酝酿与编织。舒缓而细腻的叙事语言，步步为营的故事情节，人物形象的把握雕琢，风土民情的熟稔于心，使得小说文本血肉饱满，轮廓分明，画面感极强。作家对小说这一文体的创作，可谓技艺娴熟。在我看来，《矮脚楼》这部小说集兼具文学性、艺术性和审美价值，氤氲着、彰显着江南气质、江南格调、江南气派的十二个故事，可圈可点处比比皆是。

　　小说集的每个故事都值得再三回味。《长夜漫漫》，乡村畸人猫头鹰与婶婶的人生轨迹交集，令人唏嘘感叹，人性的复杂与单纯，跃然纸上；《归宿》，从奶奶在世叮嘱晚辈死也不跟爷爷葬在一起到最终"被合坟"的历程书写，寓藏作家对于"人该怎样生活"的哲学思考；《矮脚楼》，"我"的发小"杨惠中"自小被父辈寄予厚望，却在十六岁永远合上了眼睛，望子成龙的父亲则在自己"飞黄腾达"的白日梦中纵火高度烧伤，生死未卜，耐人寻味；《海员之妻》，以"我"的初恋情人苏晓晴的故事和人生轨迹，探究一个漂亮女人另类的爱情、婚姻与命运；《"三仙"的孙女们》，书写薛清芬、沈音韵和杨冰"三姐妹"各自的人生，聚焦红尘男女的"家长里短"；《文曲星遭遇天狗星》，初中同学文昊因为热爱文学而废寝忘食最终命丧文学的故事，俨然是当代文学追梦人的"一曲悲歌"；《栀子花》，讲述的是上海滩归来的栀子花与青年寿林暗生情愫喜结连理，不料，原本下落不明的丈夫不期而至；《破鼻头》，读书时代被老师肖红打破了鼻子的学生刘星，多年以后裹挟复仇之火卷土重来，一番曲折后，最终，久违的师生彼此和解；《缺根筋》，牌友"缺根筋"的故事，亦是独特的人物命运写照；《水老虫》，因妻子被日本人欺辱，水老虫最终选择与鬼子"一决生死"，彰显普通人的血性与家国情怀，惊心动魄；《街市之光》，嗜酒如命的陈正元，因为会喝酒、爱喝酒，造就了传奇，却也差些"咎由自取"走向毁灭；《外公和他的女人》，外公（老年人）的黄昏恋，一旦燃烧起来，也能轰轰烈烈，惊天动地。

当然，小说集《矮脚楼》的故事很难三言两语概括，要知道梨子的滋味，还需读者亲口尝一尝。在我以为，这部小说集具有鲜明的艺术特色，对于江南风土民情的了然于胸，加之作家王才兴先生自身丰厚的阅历与经验，使得小说文本活色生香、余味无穷。阅读《矮脚楼》的过程，很难不想起托尔斯泰的话，优秀的作家总是让自己的观念与思考隐匿在文本之中，而读者亦能在阅读过程中进行判断。小说集《矮脚楼》的文学实践，似乎潜移默化地进行了这种有力的文学尝试。对小说而言，故事通常由人物演绎，人物即撑起故事框架的柱梁，王才兴先生这部小说集中，塑造了一批血肉饱满的鲜活人物，借由人物演绎命运起伏，再现江南风土民情。作家王才兴先生，以扎根于世道人心的审视与记录，为读者也为自己留下了一份弥足珍贵的文学记忆。

　　是为序。

羌人六

甲辰冬于成都

目　录

Contents

▼
▼
▼

长夜漫漫

1

子夜时分，猫头鹰从床上爬起，随手抄起一个蛇皮袋，轻轻推开门，探出半个头，两眼滴溜溜环视村子，侧耳细听，没情况！他跨出屋，一溜烟钻出了村子。

猫头鹰真名薛义，15 岁；人瘦似猴，背微驼；天生一双女人的手，十指纤长，轻盈灵动；一对耳朵又窄又长，听觉异常灵敏，些微的风吹草动，都能分辨出声响的源头底细。白天他睡大觉做黄粱梦，夜晚四处游荡，顺手将田间的作物牵回家。

猫头鹰已盘算好，今夜得光顾婶婶的自留地。

无意中听到村人在议论，村里独独婶婶、瞎婆婆家的自留地没遭贼劫……凭直觉，他们在猜疑，起疑心了！瞎婆婆寡妇一人，眼里黑咕隆咚，没谁会怀疑她。婶婶虽厚道，但事实明摆着，免不了会被视作箭靶。他得为婶婶挡箭，婶婶是他最亲的人。

夜已深沉。月亮时隐时现，朦胧的月光给万物涂上灰蒙蒙的色彩。蟋蟀、蝈蝈、纺织娘们在恣意吟唱，吱吱唧唧，唧唧嗞嗞，猫头鹰淹入了无边的涛声中，耳朵里仿佛盛开的音乐会。音乐声陪伴，他的步子变得欢畅淋漓。他视虫子为夜幕里的伴侣，忠实的信使。万虫齐鸣，一切平安无事；若一旦噤声，预示有情况，有苗头。虫鸣声不断刺激他的神经，人变得亢奋，他开始模拟虫声娴熟地哼唱起来……

来到西南的一块旱地，他深呼吸一口，鼻翼间充斥着植物的清香和泥土的气息，顿觉沁人心脾、气清神定。他的身子渐渐虚浮起来，仿佛凌驾于万物之上，他成了黑夜的主人、大地的主宰……他跃入婶婶的毛豆地，上下摸捏着豆萁，捋下沾染露水的豆荚，塞入蛇皮袋，窸窸窣窣一口气采摘了二三斤。他猴急，动静大，一时万虫齐暗，旷野陷入静谧。他顾不上了！走过毛豆地，是一畦南瓜地。他在地上爬摸着，探索到湿漉漉的瓜藤、叶子，终于摸到一个滚圆的南瓜，四五斤重，他使力拗断瓜藤；又摸到一只，三四斤的；再往前，他的手触摸到了茄子的茎秆，伸手上下摸捏，摘下十多个香蕉似的茄子。突然收手了，他的眼前浮现出婶婶和蔼祥和的笑脸……

他将厚重的蛇皮袋甩上后背，佝着腰，吭哧吭哧，喘着粗气往回走。踏入村子时，他脚步渐渐迟缓，侧耳谛听，仿佛有老人的呼噜声，还有瞎婆婆粘着老痰的浑浊的咳嗽声。他的心着了地。他用力抬腿，落脚时重心快速向地面沉坠，只得收拢腿脚，努力减少与地面的触碰。脚步声大，会惊醒村子。他一杵一弹，舞蹈般潜回屋子……

他来到灶仓，掀开稻草，费力地搬开水泥板，一口幽幽的地洞呈现眼前。他将战利品一股脑儿倒入洞内，嵌上水泥板，盖上稻草。地洞是父亲的遗产，深度比他人高，洞口有锅盖大，夏凉冬暖，像一只保鲜柜。父亲在世时，用它储藏山芋过冬，来年栽培山芋秧苗。他发现自己的裤管潮湿，粘满泥屑，便剥下裤子，浸入水盆……

"谁咯杀千刀的，狼心狗肺的东西，昨夜偷了我的瓜菜！

"老娘吃辛吃苦，一担水、一担粪，浇出来。狗日的你倒好，偷吃现成食！

"你吃了老娘种的菜，烂心烂肠烂肚皮，不得好死……"

黎明，婶婶担着水桶去自留地浇地，发现菜地一片狼藉，瓜蔬遭遇洗劫。她心疼不已，回到村里，便恣意撒泼，破口大骂。

猫头鹰住婶婶隔壁。婶婶的谩骂声搅醒了他的好梦。他迷迷瞪瞪，揉揉眼起身，靠近窗子向外窥视，空气中似乎飘逸着米粥的香甜、腌制的雪里蕻菜的咸酸味。隔壁砖场上，婶婶站立中央。端着粥碗的人群在围观，津津有味如同观看猴子出把戏。

婶婶越骂越气愤，骂声逐级升高。她平时说话细声细气，骂起人来，却嗓子特别大，脸上表情夸张，比画着各种手势，手舞足蹈，像戏台上的演员。

起先他心里安慰，侄儿迫于无奈，不是故意伤害你。婶婶，你狠劲骂，好好骂，骂个痛快，骂个够。后来发现，婶婶的骂声掺和着哭腔，他顿时活泛出阵阵的心酸……

　　孩时，他高烧发热，连续数日不退，啼哭不止。夜已深沉，婶婶将他揣在怀里，手轻轻拍打着他的后背，嘴里喃喃哼着童谣，催他入眠。但他哭闹着，每每吵至天亮。婶婶心急如焚，嘴边的童谣开始变得忧愁和悲伤……她托人买了红纸，裁成小片，用墨汁誊写一段话，然后将红纸片粘贴在路边的墙壁、桥栏、电线杆上。红纸上写着——

　　天皇皇，

　　地皇皇，

　　我家有个夜哭郎。

　　过路君子念一念，

　　一觉睡到大天亮。

2

　　几乎所有的童年时光，猫头鹰都随婶婶度过。他们的村子叫薛巷，紧挨着寺北街。农闲时，婶婶时常搀着他上街玩耍。漫步街头，他活蹦乱跳，显得异常兴奋。街市的气息潮涌而来，猪油香、煤烟味、肥皂香、爆米花香、花露水的香味、余油条的菜油焦香味浸淫鼻翼，刺激他的嗅觉，挑逗他的舌蕾。婶婶一向省吃俭用，待他却从不小气，每次总会掏出几分钱，买一碗馄饨，或一个大饼，或一根油条犒劳他。

日杂店的店员是婶婶的小姐妹。她们在柜台旁轻声私语，一个臂肘贴着柜台，一个用手托住额角……趁她们不备，猫头鹰伸出右手，中指和食指闪电般探入水果糖瓶，取出两粒塞进自己口袋。全过程仅几秒钟，像火中取栗，又像训练有素的职业人员。回家后，他悄悄剥除糖纸，将糖果含在嘴里吮吸半天，水果糖甘甜、隽永。人生初次，他尝到冒险刺激的滋味。随后的日子里，他淌着口水，幻想翩翩，眼前涌现林林总总的美味佳肴……稍稍长大后，他独自溜去街头，大胆光顾点心店、熟食店、水果店，频频出击，屡试不爽。他暗自享受着美味喷香的馒头、赤酱可口的猪耳朵、嫩甜的鸭梨……

婶婶姑娘时模样周正，脸色白净，脾性不温不火，与人交往隐忍自持，绝少与人口舌。叔叔穷得叮当响，除了一间破屋、一张竹榻、一副灶头、几只破碗外，别无他物。村里人都说，叔叔娶到婶婶，全赖他家庭出身是贫农。婶婶家成分高，自小饱受旁人的冷眼与鄙夷。她20岁时嫁给叔叔，原想通过婚姻重新投胎，日后能受人尊重不被欺负，过上常人的日子。但婶婶命苦，婚后不久，便遭遇厄运。

猫头鹰家有不幸的遗传病家族史。他爷爷40岁不到，得了肝病亡故。那时父亲17岁，叔叔10岁。长子为父，父亲成了家里的顶梁柱，所有的重活、累活落他到一人肩上。父亲用厚实的臂膀，支撑起家庭的一片天。他一手将叔叔拉扯大，还帮他娶妻完婚，成家立业。叔叔婚后不久，父亲患了爷爷同样的毛病，肝病发作，撒手人寰。第二年，不幸又降临到叔叔身上。男人们相继离世，孤零零剩下一双寡妇和年幼的猫头鹰。

盛夏的午后，村里人进入午休时光。乡场上偶尔传来阵阵的吆喝声，拿腔拿调，抑扬顿挫。他们有做小买卖的，有修锅盆、雨伞雨鞋的，有收买鸡黄皮、甲鱼壳、牙膏壳的。那天村边逸来唤叫声："箍桶匠来哉，箍桶匠来哉！阿有坏个脚盆、马桶、水桶，修作！"

听到吆喝声，猫头鹰母亲步出屋子，将箍桶匠邀回家。箍桶匠油嘴滑舌，一身江湖气，边干活，边操起如簧之舌，挑逗、引诱母亲。他长得五大三粗，古铜色的肌肤，块块肌肉饱胀，浑身透出雄性的荷尔蒙。寂寞难熬的母亲被他蛊惑迷住，竟在灶仓与他媾和、偷欢……箍桶匠尝到腥味，接连几个夜晚悄悄摸到她的床笫……终于，禁不住他的撺掇，母亲狠心抛下 5 岁的猫头鹰，随他远走高飞……亏得婶婶心肠好，收留他，从此他生活在婶婶的腋窝下，侄婶两人相依为命。

春节前夕，婶婶会去街头备上纸包的油酥饼，称几斤香蕉、苹果等，作为走亲戚的伴手礼。除夕过后，她给他穿戴新衣新帽，换上她新做的棉鞋，拎着礼物，携他一起回娘家。一见面，婶婶吩咐他给父母、哥嫂作揖叩拜，让他称呼外公外婆、舅舅舅妈。娘家人欢天喜地，给他压岁钱、瓜子糖果，烹制大鱼大肉，盛情款待……

在舅舅的房里，他无意间瞥见，抽屉里躺着几张毛票。见到钱，他着魔似的，两眼圆睁，瞳孔放大，血流加速……顷刻间，所有的经验记忆都在引诱他、撩拨他，毛孔里似乎咝咝冒出快感，那是历险后的刺激、事成之后的惬意。他盘算着，拿，还是不拿？他念着婶婶娘家对他的热情与真诚，犹豫着。但攫取的欲念像瘾君子的毒瘾发作，他的防线全面崩溃，彻底沦陷。他瞅准没人留意的瞬间，闪入房间，两指夹走一张一毛钱的零票……

3

猫头鹰的屋子已老旧，雨天外面下大雨，家里落小雨。那天风和日丽，婶婶请来泥水匠，替他修补整饬好屋子。她将穿风的窗口用塑料纸封住，将屋内地面洒扫干净，又为他铺押好床褥……然后，婶婶喊他至跟前，正经八百地对他说："小义，你也不小了，该独立生活了！往后你得学会自己料理生活，照顾自己。有不懂的地方，婶婶可以教你。"

听了婶婶的话，猫头鹰稚嫩的脸蛋显出阴影。他睁大眼，傻傻地盯看婶婶，说不出半句话。

那年他 14 岁，初中刚毕业。与他分开的念头，婶婶酝酿已久。她觉得，要是一直随她过活，他始终脱不了乳味。起先，她迟疑，断不下心。她内心有顾虑，村里人嘴杂，多闲话，她怕人家说她绝情……为不耽误他成长，也为他前途着想，她不得不狠狠心肠，断然决定让他自立门户。她要传递给他压力，让他担起责任、撑起家庭的门面。

白天婶婶让他参加生产队劳动，工分按 5 折计算。她辟给他几分自留地，下工后，让他学习种植蔬菜瓜果。可是队里的劳动，他竭力避开重活累活，只愿干边缘轻松的活计。收工回家，他倒头便睡。有时他干脆不起床，呼呼大睡，不参加队里的活计。他的自留地半荒半废，播下种子秧苗后，懒得松土除草施肥浇水……

村里的瞎婆婆病了，已卧睡多日。他端着一碗米饭、一只山芋去看她。走在路上，他想起几年前婶婶对他说过的话——

"阿义，今后婶婶年纪大，干不动活了，怎么办？"

"婶婶，等我长大了，我养你，照护你！"

"嗯，算你有良心！你长大了，可不要忘记瞎婆婆，你小时候，婶婶下地干活，她一直帮我照看你，喂你吃，哄你睡，陪你玩。"

"嗯，记住了，我不忘记……"

瞎婆婆的家黑咕隆咚、潮湿、阴气拂面。瞎婆婆咳咳咳，吐着老痰。听见脚步声，她费力地问——

"谁啊？"

"阿婆，是我，阿义。"

"哦。阿有事体？"

"我来看看你，你没吃东西吧？我带来些吃的。"

"多谢、多谢。放着吧，等会儿吃。"

"你躺着，生病了？"

"唉，老熟了，没气力了。我是棺材边沿爬的人了，到年 80 岁啦！"

"要不要喊请赤脚医生，帮你看看？"

"不要、不要！我活腻了。快点让我死吧！"

他想给瞎婆婆倒水，提起热水瓶，摇摇，空荡荡的。他汲了一桶水，准备倒入铁镬。发现灶台发霉，锅底锈迹斑斑，他猜想已好些天没有揭锅。他赶忙放些水用抹布擦拭干净，然后倒入井水，佝着身子，推柴进膛，点火烧水。他帮她灌了一瓶开水，放在床前……

他快快回家。瞎婆婆寡妇一人，日子凄苦，他心里有说不出的滋味。他想，得为她找点好吃的，补补身子。

半夜时分，月色迷蒙，夜路恍惚。他出了屋，向村东跑去。这次的目标是邻居鸡笼里的母鸡。鸡汤鲜美营养，瞎婆婆肯定欢喜。他头缩在脖颈里，耳朵直竖，倾着上身，疾走如飞鹜。仿佛，前方有一块巨大的磁石摄住他，不能违逆，无法抵御。体内沉睡的细胞在苏醒，身子隐隐传递出莫名的激动、亢奋……

突然，咻的一声蹿出一条狗，汪汪汪冲他狂吠，声嘶力竭，边叫边紧逼过来。他似乎听见有人起床的动静。情况不妙，他一个反身，像泥鳅咻溜滑走。

两天后，瞎婆婆无声无息地走了。队长牵头，为她举办了简朴的后事。出丧那天，村里人都去送行。他发现，婶婶在一旁不停地抹泪……他触景生情，神情沮丧，悄悄回到自己的屋子。一人独处，他无法抑制内心的悲伤，泪水噗噜噜往下掉……

那狗是朱寿荣家的。朱寿荣是乡里的人武部长。一年前，他从外村抱回一条小狗。记忆里，这是村里的第一条狗。小狗胖嘟嘟、毛茸茸，毛发乌黑、油光水亮，惹人喜爱。黑狗一天天长大，却变得日益凶悍。见了生人，它耳朵呼呼直竖，嘴里不停汪汪，眼珠子爆出，张牙舞爪。夜深人静时，稍有声响，它便呼地蹿到乡场，狂吠不已。即使是熟人，它从不买账，照样嗷叫。这似乎严重妨碍猫头鹰夜间的自由，更影响到他的活计。他开始绞尽脑汁，谋划对付的办法。白天他努力讨好它，不时为它挠痒，轻轻捋顺它的毛势，喂它吃食，带它去田间、街头溜达。可它不给面子，似乎没有丝毫通融的余地。夜晚，只要他一出门，它还是立地操起职守，不依不饶，放开嗓子吠，狂吠。他出离愤怒了，怒斥道："恶狗，等着瞧!"

天擦黑时，他悠悠来到村子东头。见四周没人，便从口袋里掏出下药的饭团，轻轻一丢，它啪一声滚到狗窝边。第二天早晨，主人发现它已僵硬……

4

村里又少东西! 主人心痛，丧心病狂地叱骂宣泄。这次，猫头鹰感觉，村里的氛围有点反常、诡异。几个妇女围聚一起交头接耳，喊喊喳喳，指指戳戳。行走村里，他身后仿佛有无数盯视的目光、鄙夷的神情……

婶婶上他家，跟他搭讪，嘘寒问暖。但她心神不一，东张西望，目光扫视屋内各个角落，她像警犬在不停嗅着空气中的味道……临出门，她语重心长地叮嘱他——

"阿义，你年纪轻轻，要好好做人。我和人武部的朱部长打过招呼，过两年送你去部队当兵。你不得有啥闪失，给邻居留下话柄。"

婶婶的话，给了他无穷的希望和信心，他喜滋滋的。要是能成为一名解放军战士，多么地显赫、威武。他自小爱慕军人，羡慕军人的草绿色军帽、军装，鲜红的肩章、五角星徽章……他似乎一下子开窍：自己背上没筋，身后没靠山，能去部队当兵，无疑是他这辈子最大的福分；说不定复员回家，还可以捞一个吃香的活计……

村人的戒备、婶婶的告诫，像闹钟旋紧了发条，他一度惶惑、紧张。他暗暗发誓，不能自毁前程，必须打住，金盆洗手。他忍着，不夜出，一天、二天、一个礼拜……他像村里戒烟的男人计着数日子，以此验证戒烟的意志和决心，哪怕只是熬过一天，他也得给自己加分，记功庆贺。

猫头鹰拖着空洞的身子，漫步在田野。路过村里的鱼塘，他驻足岸边眺望。午后的阳光朗照河面，宽阔的水面像一面硕大的镜子，波光潋滟，闪烁不定。成群的窜条鱼露头喁喁，不时噼啪噼啪跃出水面。哗啦一声，河中央猛地激起蚕箔大的一摊漩涡，水花向四周荡漾。他知道那是草鱼在嬉戏逐食。不远处有水泡汩汩冒出，零星的、一簇簇的，那是鱼儿在水底呼吸觅食。他的神经被牵动激活，心湖开始摇曳、泛滥……

夜晚，他借着月色，悄悄来到鱼塘。他操起手里的强盗网，娴熟地撒向水中，然后慢慢牵拢、收网，有两条小鱼在网里哗剥跳动。他移步撒网，只收获了几枚小虾小蟹。他富有耐心，继续下网、起网……他已憋屈久时，口袋干瘪，没钱买油盐酱醋，灶橱早已空空如也。急中生智出此招，他觉得计划周密、天衣无缝。鱼塘不像邻居的自留地，少了鱼儿，村里人浑然不知。他甚至自责，以往怎么老是将目标瞄准村里人，从他们的碗中夺食？

撑起竹竿时，他手臂感觉有一股撞击力。这分明是大鱼逃窜冲击渔网的力量！他心头一紧一喜，大家伙！赶快将竹竿并拢，往岸上拖。鱼儿不断摇头摆尾，死命挣扎。但无济于事，它已落入他渔网。一条四五斤重的草鱼！凌晨，他去了邻乡的街市，将鱼卖掉，换回2元钞票。

戒烟一旦失败，烟瘾就会报复性反弹，烟量成倍地增加。他的瘾性发作，一发不可收拾，接连数个夜晚频频出击。捉到小鱼他自己享受，浓油赤酱烧煮。几次他想送给婶婶尝鲜，但他终究不敢，怕她追问鱼的来历。捞到大鱼，拎到集市变成钞票。口袋有了钱，他神气活现、逍遥快乐，买香的甜的咸的酸的辣的，大饱口福。一时间他似乎找到了生存的法则，也找到了与村民的和解之路。

那晚从鱼塘回来，迈入村子前，他停步，屏住呼吸，凝神侧耳，谛听村子动静。忽然，听到吱的一声，婶婶的木门露出一条缝隙，里面探出男人的头，男人在向四周窥视。见没声响，男人闪出身子，蹑手蹑脚向东走去，消失在夜色里……

那夜，猫头鹰失眠了。那人是谁？半夜去做什么？他一贯相信婶婶的为人，她从不苟且随便。但刚才亲眼看见的事实，该怎么解释？一连串的问题，在他脑海里纠缠、折腾。迷迷糊糊，想起童年时的一幕：晚上，他和婶婶挤睡一床。半夜尿急醒来发现，婶婶光裸着肉身紧紧抱住他，自己的嘴里含着婶婶的奶子……

5

鱼塘西边有一块长方形的平地，拔地竖起四个木柱。两个男人在忙碌着，其中一个是村里的饲养员。猫头鹰走上前，好奇地问饲养员——

"叔叔，在作啥？"

饲养员瞥他一眼，随口说道——

"搭草屋。"

"干啥用？"

饲养员手头的活紧，对他的问话显得不耐烦，声音梗呛呛地答道——

"住人。看塘。有人从鱼塘捞鱼！"

"啊？那得好好看住！大伙还等着年底分鱼过年呢……"

秋天日头短，当西边最后一抹红霞消失时，暮色已悄然在乡间登场。晚饭之后，村里人闩上门闩，在煤灯的黄晕下洗洗刷刷，然后躲进被窝困觉。夜色茫茫，长夜漫漫。猫头鹰依偎窗台，盯视窗外，眼中闪出精神的光亮。那晚的一幕，萦绕他心头。他在等待，等待那个男人的出现。他知道这是一件无聊的事，知道他是谁，又能怎样？和他拼命，自己手无缚鸡之力，哪是人家的对手；去捉双，让婶婶难堪，岂不是家丑外扬！但他好奇，闲得发慌，冥冥中有一只魔手在驱使他，诱他去弄个明白。等了整整三个晚上，那人终于来了。

晚上9点刚过，窗前闪过一个身影，自东而来。隔壁传来轻微的开门声，声音出奇轻，轻得几乎瞒过听觉灵敏的猫头鹰。他赶快来到天井——天井与婶婶家相通共享。白天趁婶婶不在家，他做了手脚。婶婶房间北边的窗玻璃糊上了报纸。他在玻璃与木框间，用尖刀捅出一个乒乓球大的小孔。他踮起脚尖，伸长颈脖，眯上左眼，右眼死死盯住小孔，模模糊糊，看不清。他猴急，恨不得将眼珠子塞进孔眼。这时，他的鼻子似乎嗅到一阵骚味，夹杂着婶婶熟悉的体香……终于，男人的脸出现在视线中。原来是他，村东的朱寿荣，人武部长！他一阵惊诧，退离小孔，傻傻站着，脑子一片空白。

煤油灯噗的一下灭了，黑暗里传出嗯啊嗯啊的颤抖声……

那晚，他失眠了。朱寿荣那方脸大耳、乌黑的眉毛、发光的大眼时时在他面前晃动。曾经熟悉而亲切的面容，眼下变得有些模糊、生疏，甚至可憎。曾几何时，他将所有的希望寄托在朱寿荣身上。路上遇见，他向朱寿荣套近乎，说好话，亲昵喊朱寿荣叔叔。无数次梦里，他梦见自己愿望成真，朱寿荣亲自为他戴上大红花，乡里敲锣打鼓欢送他去部队……脑海里浮出婶婶的影子，她那白皙的身子，胀鼓的前胸，还有他喜欢的体香。细细咂味，心头漫过丝丝的难过、莫名的痛楚。渐渐地，痛苦转换成仇意，心里哧哧冒出火苗……

第二天半夜时分，猫头鹰出了村庄，直奔朱寿荣的自留地。他肆无忌惮将青菜、香瓜、玉米塞进袋子，装上整整一麻袋……清晨，朱寿荣老婆发现遭窃，在村里放声叱骂。听闻叫骂声，他咧开嘴，坏笑，丝丝快感从心头涌出……

间隔数日，他又出手了。那夜，他来到朱寿荣家的墙角，悄悄靠近鸡窝，在笼中拽住一只母鸡。为阻止它发声，他蛮横地将鸡头一拧摁入翅膀下，抱住还在挣扎的母鸡，轻疾回家。回到家，发现鸡已窒息而亡。他将它扔进地洞，若无其事上床睡觉。

第二天傍晚时分，他关紧屋门，从镂子里抓了一条煮熟的鸡腿，躲到灶仓，津津有味地啃吃，嘴边闪出油腻腻的光……

突然，嘭一声，朱寿荣破门而入，快步走到厨屋，逮个正着。他狠狠地拽住猫头鹰的衣袖，顺手抽了两个耳刮子，并将猫头鹰重重摔倒在地，扬长而去……

一会儿，婶婶虎着脸，进入屋内。她严厉训斥他，并严肃开导、教育他……

6

几月之后的傍晚，婶婶拖着疲惫的身子回家。一进家门，她四脚朝天往藤椅上一躺，上身盖一件外套，合上双眼，嘴里嗯嗯哼哼。猫头鹰见她病恹恹的模样，赶紧上前，乖巧地问候——

"婶婶，你哪里不舒服？"

"全身没力气。胃里滞胀，不想吃东西。"

"多长时间了？"

"两三天。"

没说上几句，突然婶婶身子一个扭动，显出恶心呕吐的样子。

他吓坏了。神情高度紧张，含着哭腔哀求说——

"我陪你去医院，做个检查！"

婶婶使劲摇着头，坚决反对，说——

"不急不急，再熬熬，过些天再说……"

他猜想，肯定是婶婶手头紧，缺钱。不愿去医院是为省钱！婶婶患病，他急得六神无主，寝食难安。念着婶婶对他所有的好，他的脑海里只有一个念头、一种信念，得想法子去弄钱，他要为她治病，这是他的责任和义务！男子汉的担当与作为从他心底滋生。

　　白天猫头鹰去了寺北街，四处溜达转悠。在街的末梢，他看到"寺北街变电器厂"白底黑字的厂牌。他记起来了，厂长是他初中同学的父亲，同学曾带他去车间玩过。那时同学有一支自制的手枪，装上火药，扣动扳机，发出啪的一声，清脆响亮，还冒着一缕青烟，大家十分羡慕。那手枪用自行车的链子制成，上面缠绕着铜丝。铜丝是他爸爸车间里的。猫头鹰知道，铜丝很值钱……

　　夜半时分，他上了路。秋夜依旧，蟋蟀、蝈蝈、纺织娘们仍在放声吟唱。虫子的啼唱声仿佛被心里的执念湮没，他全然没听见。他超人的耳朵好像已失灵。他火急火燎来到变电器厂，绕过门卫，来到厂子东边，爬上一棵泡桐树，从树枝攀到围墙，再跃入厂内。他径直去了车间。车间里到处是铜丝，一捆捆，一圈圈。他选择一圈30多斤重的，抱起就走。怎么上墙？他沿着围墙兜转，发现东南处有一个大水缸紧贴着围墙。于是他抽出铜丝头，绕住肩，噌的一下，踏上水缸，伸手攀住墙的上沿，使劲纵身一跃，爬上围墙然后跳到厂外。他取下肩上的铜丝，拉抻出厂，再折叠到一起……

　　一大早，他将铜丝藏入麻袋，去外乡的废品收购站，换回60元钱。

　　发现少了铜丝，工人立即向厂长汇报。厂长向派出所报了案。接到报警，派出所马上安排两名警员，去邻近的几个废品收购站摸排情况。在外乡的收购站，他们截获了赃物，并获悉猫头鹰的长相外貌。傍晚，猫头鹰被呼进派出所。经不起盘问，他老老实实做了交代，包括以前所有的小偷小摸……最后，县公安局考虑他不满法定年龄，对他做出处罚，劳动教养一年。

7

劳教所在湖边的半岛上，一条石路进入，三面环湖。面湖的山坡栽满茶树，苍翠欲滴。背湖的山体，经不断凿挖呈现出一个巨大的露天坑洼，石壁嶙峋，张牙舞爪。山脚下，是一座隶属劳教所的水泥厂，工人都是派遣来劳动教养的，共分三个中队，一个中队负责开采运送矿石到车间，一个中队在车间负责生产水泥，另一个中队负责所有后勤事务。

与猫头鹰同一批押解到劳教所的有十多个青年。指导员发现，所有人中猫头鹰面色蜡黄，个子最矮，人瘦如一根麻秆。指导员随口问他："你有啥特长？"

猫头鹰脸色有些尴尬，他不知道何为特长，想了半天，支支吾吾回答："我会撒网捉鱼！"

猫头鹰的回答出人意料，令人哭笑不得。指导员便安排他在后勤中队，去厨房烧饭，并吩咐他工作之余去湖里抓鱼，改善食堂伙食。

猫头鹰划着小舢板，悠悠然在湖中撒网、起网。他能娴熟地操用各种渔网像丝网、地笼网、强盗网、扳网等。他还真有捉鱼的天赋，上岸时他总拎着一篓头活泼鲜跳、湿漉漉的湖鲜——白鱼、白虾、鳊鱼、鲫鱼、昂刺鱼等等。

指导员见到猫头鹰捕获的战利品，高兴得眉开眼笑，逢人便夸猫头鹰，甚至在会上也夸他捉鱼的本事大。

不论天晴还是落雨，也不管刮风还是下雪，猫头鹰天天泛舟湖面，他沉浸在撒网抓鱼的忙碌之中……

半年后，婶婶买了水果、饼干等物品，去劳教所探望侄子猫头鹰。

婶婶坐在会客室。猫头鹰进来时，婶婶抬眼发现，他胖了，脸上洇出红晕，个子已超过她，身体也结实许多。一见面，猫头鹰满含深情地喊了一声"婶婶"，声音夹带着曾经的委屈和痛苦。

一番寒暄后，婶婶上前拽住他的手，耐心地劝慰他："你在里面要服从狱警的管教，努力干活，好好改造，争取早日归家。"

猫头鹰听后一脸憨笑，定定地望着婶婶，一句话也没说。

婶婶看着他，搞不清他葫芦里究竟卖的什么药。

归宿

1

　　父亲来电话说，村里通知要征用祖坟的地块用于建造寺北街工业园区。被征地内所有坟地统一搬迁至镇里的公墓，每个坟地政府补偿搬迁费一千五百元，时限是当年年底。搁下电话，我怔怔地坐着，思绪斑驳，五味杂陈。

　　祖坟的地块是爷爷选定的。他活着时，曾请风水先生实地勘查。风水先生操弄着罗盘仪，眯眼巡睃四周，最后踌躇满志对爷爷讲："这地不错，是块宝地！今后会捎来好运，家里能出读书人！"

　　每当聊起坟地，爷爷脸上喜气盈盈，扬扬自得。他常向人炫耀，他的坟地坐北朝南，地势高挑，蹿出地面好几尺，不易浸水，土质干燥，棺柩不易蚀朽。坟地东边有小河，与市河贯通，流水汩汩。坟地西南一里处，是小南山。站立墓地，一抬眼就能望见，山脉自东向西绵延数里，山崖古木参天，郁郁青青，遥看山峰犹如昂起的龙头……

　　年幼的我懵懂无知，不解地问爷爷："你活蹦乱跳，为啥给自己弄个坟墓。不晦气吗？"

爷爷抚须吟笑，神神道道说："小赤佬，你不懂。这叫寿穴，能吸取天地灵气，助旺子孙运势，为老人增寿添福！"他又援引历史来佐证，说某位宰相为能坐上皇位，曾不惜代价寻找龙脉。最后龙脉找到，成功登上皇位。云云。说得活灵活现，有鼻子有眼的。

这么神奇！我瞪大眼睛，好奇地望着爷爷，问道："你怎么发现这地的？"

爷爷面呈嘚瑟，向我娓娓道来。

这地原来是村上福根家的桑树地。有天晚上，爷爷做了一个怪异的梦。在梦里，他路过那里，感觉一阵尿急，便钻进桑树地。桑树粗壮高拔，挂满密密匝匝的桑叶。他正想掏出家伙放松身子，突然天空雷电交加，如烟似雾的黑云铺天遮地，漆黑茫茫。他惊慌失措，拔脚就跑。刚跨出几步，忽然间天地洞开豁亮。眼前展现几间平屋，青砖黑瓦，屋前筑有小院，院内遍栽花草树木，狗儿在撒欢，母鸡在悠悠啄食……

梦醒之后，爷爷神思恍惚，冥冥中感觉梦境在向他昭示什么。他细细琢磨，苦思冥想却始终不得其解。

时隔不久，爷爷得了一种怪病。他恹恹蔫蔫，浑身乏力，食欲全无，身子骨一天天孱弱消瘦。父亲、伯伯、叔叔都急坏了，四处为他寻医问药。郎中给他望闻问切后，竟一脸的惘然与困惑。经病魔摧残，爷爷原来健壮的身子变得像一具枯木，两眼凹陷干涸，气息奄奄。全家笼上了阴影，奶奶更是痛苦悲伤，独自躲在墙角，悄悄抹眼泪……

身陷床榻的爷爷极度焦虑、恐慌，脑海里不时闪出许多谵妄的念头。他以为大限将至，自己难逃此劫，想想自己才五十岁不到，顿觉心头冰冷……伤心绝望之余，他想到了身后之事，得为自己找一个安身所在。当梦中情景再次浮现爷爷面前时，他灵光一闪：莫非苍天在暗示，福根家的桑地就是自己的阴宅福地？

爷爷派父亲唤来福根。福根是爷爷儿时的伙伴。他趋步来到爷爷床前，向爷爷嘘寒问暖。说话间，爷爷突然伸出双手，拽住福根的右手，用哀求的口气说道："老伙伴，你得帮帮我。我已来日不多，希望用我的自留地置换你的桑树地做我的墓地。"

福根听后一愣，脸上显出为难的神色，期期艾艾说道："老伙计，不是我不情愿。你晓得的，家中没有其他进项，一年的油盐酱醋全赖那地。"

爷爷皱了皱眉头，叹口气，说："都是几十年的老兄弟了，谁家的底细，谁不晓得！我知道你的难处。早些年，我有些积蓄，再补偿你十个银圆，你看如何？"

福根见爷爷如此诚心实意，大为感动。再说，补偿的银圆也足以应付多年的家用开销，他便松了口，说道："老伙计，难为你了。我得和家人通个气……"

2

迁坟的日子是父亲确定的。像以往一样，他翻阅了老皇历，拣选了立冬后的第一个黄道吉日。

那天日光朗朗，和风煦煦。我赶早来到县城的公交车站，坐上回老家的头班车。大巴车行驶在石子马路，颠簸摇晃。倚窗透望，窗外的树木、农田、河流、村庄在急速后退，离家的距离越来越近，我像呷了酒似的，心湖泛起涟漪，思维跳转跃动，记忆的碎片纷至沓来……

福根答应置换桑树地后，爷爷的脸上绽出了久违的笑容。他关照三个儿子抓紧付诸行动。父亲、伯伯、叔叔三兄弟齐上阵，手持斧头、锯子、铁耙，斫枝掘根，平整土地。三天后，桑地夷为平地。爷爷吩咐，后门口的几块阶沿石，其中一块长条形的青石，色泽匀称，尺寸大小适宜做墓碑。他让伯伯去邻村请来独眼石匠。独眼石匠手艺精湛，远近闻名，还修得一手好字。据说，他曾被邀请参与南京长江大桥的建造，食宿在工地三个月。他花了整整一天，把持凿子，挥舞榔头，将青石打理得平坦整齐，然后用魏碑体在正中镌刻"王仁泽、杨兰芝之墓"八个大字，涂上红色，将三个儿子及其他家人的姓名凿刻在左下方……

择一个吉利的时日，兄弟仨将石碑竖立在墓地中，并在墓碑四周栽下六棵松柏。当天爷爷掏钱让奶奶备上一桌佳肴，犒劳所有修建墓地的人员。

寿穴落成不出一月，爷爷的毛病出奇转好。他开始吃得香，睡得酣，不久能下地走动，身子骨一天天硬朗起来。

空闲时，爷爷常反剪双手，去坟地转悠巡看。冬天时他用锯子给松柏修理枝叶，还不时拃一拃树干的粗细。每年清明节前，他会携上全家老少去坟地踏看，清除杂草，洒扫整理。以后的岁月，凡家中摊上喜事，爷爷都会与寿穴扯上关系，夸赞一番。叔叔婶婶养了三个女儿，他们的夙愿是再添个大胖儿子，可一直没怀上。婶婶常去观音庙烧香拜佛，祈求得子。墓地修成不久，婶婶便有了身孕，当年生下一个八斤重的大胖小子。爷爷喜得合不拢嘴，逢人便讲："托寿穴的福，托寿穴的福，老三家终于有了带把的孩！"

爷爷读过三年私塾，深谙念书识字的好处。他常对我说："小赤佬，好好念书，日后可书包翻身，出人头地。"那年考上大学，接到大学录取通知书，我奔到爷爷面前报喜。他从我手中接过红色烫金的小册子，老泪纵横，喃喃自语道："应验了，应验了，风水先生的话应验了！"随后他独自一人，屁颠屁颠跑到坟地，扑通一声，双膝跪在黄土上，虔诚地朝墓碑连叩三个响头……

　　爷爷二十三岁时，本地的日新纺织厂去上海开办分厂，在寺北街招聘员工。得知消息，他便去报名应聘。凭着健壮的体魄与识字的优势，他被录用去上海工作。在上海，他勤谨肯干，加上认得字，很快得到厂方的信任和重用，当上了会计，薪水比一般工人高出一截，在回家之前，已积攒不少银两。他遵循乡村的套路，种田万万年，有了钱购地置田产。他掏出大部分银两，向村里阿土、阿水两位破落财主收购了四亩农田。

　　就是这些农田，险些让全家引火烧身，招致祸害。不久政府开始对村户划分成分。工作组审核财产后，将爷爷的成分定为地主。有人向他透了信。他得知消息，连夜赶往工作组组长处疏通关系，好说歹说，最后组长同意定为富裕中农。后来组长向他人解释，爷爷的农田都是用薪水购置的，不能算剥削所得。

3

　　我回到村子时，伯伯、叔叔几家已候守在乡场。我一到，迁坟的队伍便整装出发。一路上，父亲向我不停地絮叨搬迁事宜，说补偿款已领取，总共三千元。因为爷爷、奶奶的骨灰没合葬，村里按两个坟地计算。伯伯特地购买了两只玉石制的骨灰盒，准备重新安放爷爷奶奶的骨灰。余下的钱款备上酒菜，晚上兄弟三家一起聚宴……

　　爷爷八十岁离开人世，最大的遗憾是没睡上棺材。

　　置好坟地不久，他从寿铺店买回一副棺材，榉木打成，雕饰精美。正面棺盖上镂刻着两只展翅腾飞的雪白仙鹤；四个侧面分别镌刻着青松、柏树、古琴、古画、梅兰菊竹、桃榴寿果等图案，古色古香，吉祥如意。棺材运回，放置在正屋后面的猪舍。为防止木材受潮变质，棺材下面垫放了几层砖块、稻草。间隔两年，他与父亲一起，将棺材抬到院子，唤来漆匠给四面涂上红漆。日光里，粉刷一新的棺木闪闪发光，耀眼迷人……

　　小时候，我和堂弟常玩藏猫猫游戏。有一次，我搬来凳子，移开棺盖，脚踩凳子，小手攀着沿口，翻身躲进棺内。堂弟寻找半天，找不着，急得哇哇直哭。听到哭声，我笑嘻嘻从棺材里爬出……爷爷得知此事，老脸紧绷，严正警告：以后不准靠近棺木。他生怕糟蹋心爱的棺材。

　　我不止一次发现，爷爷依偎在棺材旁，双手轻轻摩挲着棺木，眼里充斥着异样的光芒。

　　爷爷以为睡上棺材是板上钉钉的事。但白衣苍狗，计划没有变化快。不几年政府出台新政，倡导推广火化。他心存侥幸，料想此举不会实行。后来政府强力推进，火化替代土葬已成大势。他不时与村里早死的老人相比，他们在世时混得没他风光，百年后却妥妥地睡上棺材。为此他闷闷不乐，感叹生不逢时。当村里第一位去世的老人被送往火葬场时，他的棺材梦彻底破灭。他气得七窍生烟，接连几天魂不守舍，不思粥饭。

推行火化的第二年，爷爷突发奇思，别出心裁请来两位木匠，吩咐将棺木分解拆散，将卸下的木板打制成一张新床。新床仿照明清式样，床的楣、梁、柱、腿上都雕刻蝙蝠、喜鹊、石榴、苹果、五谷丰登、五子登科等寓意吉祥的花纹图案。木床制成，奶奶却不愿意登床入睡。她有洁癖，认为床第不干净。爷爷噘着嘴，反驳道："有啥不干净。人吃东西，不干不净吃了身无百病哩！你不睡，我睡！"

往后的日子，爷爷独自睡在新床，度过余生……

到了墓地，三兄弟分头忙碌，掘土的掘土，扒泥的扒泥。挖到二尺处，露出了盒盖。木制的盖子已朽成碎片。伯父戴上棉纱手套，轻轻掸去泥土木屑，灰黑的骨灰展现眼前。伯父小心翼翼用双手将骨灰一一捧入盒内，然后用红布将骨灰盒包裹起来。

伯伯怀抱骨灰盒，率众人走向奶奶的坟地。

4

奶奶的坟地与爷爷的相隔不远。当初，爷爷的自留地按桑地面积置换给福根，余下部分给奶奶做了坟地。奶奶骨灰下葬后，每年清明节，我们准备两份祭品，分别祭扫。

爷爷奶奶各自分葬，没有合墓，招致村里人的猜测和联想。但这是我家的秘密，事关爷爷奶奶的隐私，自然不得外泄，就像《桃花源记》中此中人语云："不足为外人道也。"每当村人探问此事，父亲和几个兄弟妯娌都会以"事关风水"做遁词，舌头打个滚，哼哼哈哈，敷衍搪塞。

一度，我也为此纳闷，疑惑，曾向父母探问。但他们欲言又止，神色尴尬，讳莫如深。

那年春节，我和父亲捉对啜酒。两碗黄酒下肚，父亲酒劲上身，脸颊酡红，说话像舌头打结。我趁机对他说："你年纪大了，少喝些！"我使的是激将法。说父亲年纪大，他哪肯服老？他拽住我，硬要连干两碗。我半推半就应战，陪他喝。不一会父亲酒精发作，傻傻干坐，脖颈的青筋如一条条蚯蚓。我知道他酒已微醺，心里暗暗发笑：他已跌入坑里。

我高声向他发问："老爹，爷爷奶奶没合葬，村里人都不信是风水的原因。"

"哪里是风水的原因，是奶奶不愿意和爷爷睡一起！"

"啊，为啥？"

"难为情，难为情。我不说，说不出口。"

父亲嘴上说不讲，但亢奋激动，哪里刹得住车，口若悬河，滔滔不绝向我述说。

爷爷八十岁时老死而去。离世的前夜,他把奶奶喊进房间,让她坐下,满含虔诚与忏悔对奶奶说:"老太婆,对不住你。我年轻时在上海滩干了不少荒唐事。那些事憋在心里一辈子,不吐不快。再不讲,恐怕要带到阴间。今日向你坦白,求你原谅。"

奶奶一怔,内心掠过波澜。但她立地镇住心气,脸上恢复平静,以曾经沧海难为水的姿态,若无其事地问道:"啥事,这般严肃?"

爷爷微睁着眼睛,气息微弱地向奶奶陈述。

"我刚到上海时举目无亲,一切都陌生、生疏。白天厂里上班,下班后就回宿舍休息。闲着没事时,几个男人围着吹吹牛,扯扯老空。偶尔做几个菜肴,一道喝点小酒。

"但自从认识了阿木林,生活起了变化。阿木林原名薛福林,周围人见他过日子稀里糊涂,于是给他起了这绰号。阿木林,寺北街人,比我先到上海,在另一家纺织厂当搬运工。经老乡介绍,我们彼此熟悉后,常一起喝酒聚欢。有一晚喝多了,他提出要带我们去开眼界,见世面。我起先不情愿,最后禁不住撺掇,随他去了。

"阿木林率我们穿过几条马路,走进弄堂内的一个幽僻处。门头不大,进门一看,原来是风月场所,就是私底下说的野鸡堂。客堂里坐着一堆穿着暴露的女子,跷着二郎腿,嘴上叼着烟。她们不时朝我们挤眉弄眼,卖弄风骚……我们每人花去一块银圆，玩得开心、恣意。

"像猫咪偷腥，尝到甜头的我们便贼性成瘾，一发不可收拾，有时搭伴去，有时独去，寻花问柳，纵欲享乐。

"那年春节，家里等我回家。我写信给乡下，说厂里要盘账加班。我寄了些钞票给乡下，一人待在上海过年。那段日子，我糟心、烦闷。我染上了难以启齿的性病——梅毒，下体瘙痒流脓，彻夜难眠。我偷偷去私人门诊求医，病情不见任何好转。后又去德国人开的医院，医生每天给我打青霉素，整整打了一个礼拜，病情才缓解转好……那次染病，花掉我一个月的薪水。"

爷爷说得累了，歇口气，乜斜着眼睛看奶奶。奶奶的脸上青一阵白一阵，尴尬难堪中含着愠色。爷爷不顾奶奶的感受，又断断续续叙述。

"刚来上海滩，我时常思念家乡。我知道你在乡下拖着几个小孩，既当爹又当妈，重活累活都落你一肩，生活着实不易！可日子长久后，我慢慢将乡下的人事淡忘。浸淫于灯红酒绿，我过着醉生梦死的生活。渐渐地，我不仅习惯了上海滩的生活，还产生了依赖。白天我不敢马虎，尽力做好账本。因为老板严格，要是出差错，捅了娄子，轻则扣薪水，重则开除。下了班，我的脑子里尽是风花雪月之事。月底拿到薪水，首先想的是去馆子享受口福。酒足饭饱后，趁着酒兴去逍遥快活。

"女色是个无底洞，我花钱如流水，常常寅吃卯粮。有个秋天的傍晚，门卫通知我，有人找。我赶到门卫处，原来是大儿子来了。十四五岁的他，杵立风中，赤着脚，穿一件破棉袄。问清事由，才晓得他是来要钱的。我恍然大悟，自己数月没给乡下汇钱……大儿子一早从家里坐船到火车站，再乘火车来到上海。人生地不熟，他一路打听，一路步行。走路时鞋帮脱落，只得光着脚。路上没吃没喝，空瘪着肚子……我给他买了新鞋，带他去馆子吃了一顿饱饭。第二天，向同事借了几块银圆，缝在棉袄内让他带回……为此，我深感愧疚、负罪……以后发了薪水，我先给乡下寄钱，再囤一些存起来，以备后用。

"有一个女人，对我很有意思。她叫吕秀芬，小我二岁，浙江人。她常煲了鸡汤、炖了排骨端给我吃；帮我整理屋子，洗刷衣裤、被褥等。染病之后，我收了心，不再拈花惹草，与她厮守一起……日久生情，我们彼此开始相爱，都视对方为自己生命中的一部分。更可怕的是，她肚里怀了孩子。孩子满五个月后，她才道出实情。孩子只能养下，是个男孩。从此，我的日子煎熬难过，一方面沉浸在她给我的温馨中，享受天伦之乐。另一方面，我自觉罪孽深重，对不住你们。我害怕、恐惧，晚上噩梦连连。经常梦到，乡下一家人手提菜刀来到上海，拽住我，朝我吐口水，拳打脚踢，最后将我劈死……我的心在乡下与上海之间不断游荡，挣扎，真是眼泪噗噜噜，两头掉不落！

"1950 年，工厂解散。我不想回家，怕种地干农活，内心很想留下随她一起生活。但想想亲人都在乡下，以后总得叶落归根，到那时怎么面对自己的家人和乡亲？思前想后，最终咬咬牙，狠狠心，痛苦地离别上海……回村里不久，我开始牵念上海的母子俩。只要上海来人，或乡下有人去上海，我瞒着你，偷偷捎些鸡蛋、母鸡、钞票去。好几次，我对你说谎去见同事，却偷偷摸摸去上海，看望他俩……"

爷爷说个不停，沉浸在过去的时光中。奶奶不忍再听，呼地起身，气鼓鼓迈出爷爷的房间，嘭一声，顺势将房门拉上。因用力过猛，墙壁上的泥屑窸窸窣窣，抖落一地。

第二天，爷爷告别了人世。

爷爷那些肮脏龌龊之事，奶奶深恶痛绝，一直耿耿于怀。它像一块巨石压在她心头，直到死她都无法释然、放下。她在世时曾反复叮嘱儿子们："给我另立墓地，我不想见他，死后绝不和他葬一起。否则，黄泉之下，我绝不放过你们，你们将永无宁日……"

说着说着，父亲响起呼噜声，进入睡梦。酒多了。

5

奶奶的坟地在自留地的一边，孤零零，窄小，没有墓碑，只有隆起的一堆黄土，上面爬满野草。

三个兄弟挖掘泥土时，我的心仿佛有了某种安慰和释放。今日起爷爷奶奶可以相聚团圆。你们在世时夫妻一场，在阴间却分隔多年。相逢一笑泯恩仇，多少年过去了，你们该握手言和，重温旧好；奶奶心头的痛，那些纠结、怨怼也该冰释前嫌……

爷爷走的那天，子女们伤心悲痛，号啕大哭。奶奶却很反常，哭得呜呜咽咽，似诉似泣，神情沉郁压抑……母亲一度向我絮叨，奶奶得知爷爷的丑事后，曾向她埋怨，说："真是知人知面不知心啊！老东西在上海时，提到回家总是推三阻四，寻理由回避。我心叽叽，不踏实，隐约感觉不对劲。可见了面，他嘴上像涂蜜，甜言蜜语，油腔滑调，哄我高兴……老东西真会演戏！"

奶奶出身本地望族，幼年念过书，喜欢琴棋书画；少年时家道中落，陷入困顿。她长得标致，娇小玲珑。平时她穿戴整齐，纤尘不染；为人矜持，言行举止得体优雅，与人交往从不冒昧失礼。她与爷爷结为连理，相中的是爷爷念过书，知书达理……旁人眼里，他们相濡以沫，相敬如宾，很少有龃龉。

有一年清明节，爱人随我回老家扫墓。祭扫时，她发现爷爷奶奶独占一墓，各自分葬。心生疑惑的她，好奇心大发，便向我探问个中缘由。我有意回避，躲躲闪闪回答："说不清，大概涉及风水吧。"见我说话吞吞吐吐，心思缜密的她看出了端倪，猜透我隐瞒实情，便揪住不放，逼我道出真相。我没了底气，只得将他们的恩怨如实相告。随后彼此间还引发一段争论。

我嗔怪爷爷说："他纯属无事生非。往事囤在心里这些年，为啥不烂在肚里，偏要告知奶奶。"

"做了亏心事，灵魂不得安宁吧。不过他最后真诚坦白，还算有良心。你遗传了爷爷的基因吧？"

我知道她在给我设坑。要是回答有，就意味着我有风流的种子；要是说没有，说明我不诚实。我不想与她正面交锋，示弱地说——

"我们就事论事。不要借题发挥。"

"你们男人都一个德行。丑话说前头，要是你敢重蹈爷爷的覆辙，我比奶奶更杀伐，坚决与你恩断义绝，一拍两散。"

我知道，这是敲山震虎，打预防针，赶紧扯开话题说道——

"奶奶的脾气真犟，认死理。爷爷走了这么多年，她还是不肯原谅，与他和解。奶奶在世时，后辈都竭力劝她同爷爷合葬，她却坚持不松口，不愿意，不答应！"

"这叫秉守节操。奶奶的灵魂纯洁、干净，我好像闻到她灵魂深处透出的香气。"

望着妻子的顶真劲，我心里苦笑，只得低头不语……

取了奶奶的骨灰，伯伯抱着爷爷的骨灰盒，父亲抱着奶奶的，我们一行向他们新的栖息地福田公墓出发。

福田公墓刚竣工，所在地是一块高岗，占地一百多亩，坐北朝南。南面是一片白茫茫的池塘，北面是郁郁葱葱的小南山。前有池水，背有靠山，是一处难得的宝地。

墓穴的位置以抓阄的形式选定。伯伯代表家族参加了抓阄。感谢伯伯手气灵，爷爷奶奶的墓穴选在整个墓地的高处中央，居高临下，前景开阔。站在墓地，遥望前方，天高气爽，白云朵朵；日光下的池水，波光粼粼，万千银光在跳跃舞动；几只白鹭时而展翅飞翔，时而雀跃水面……我心里默默地祈祷："爷爷奶奶，旖旎的风光伴随你们长眠于此，愿你们的灵魂安息……"

两个骨灰盒合葬后，举行了简单的祭奠仪式。伯母妯娌将备好的瓜果、糕点等食品摆放墓前，点燃蜡烛、信香，然后按辈分年龄，依次向墓穴三鞠躬，然后焚化锡箔、元宝……

一切完美收官。几个小时的奔波忙碌，大人小孩都精疲力竭。回家的队伍拉得很长，像吃了败仗的士兵，零零落落，三三两两。此情此景，我忽然想起当年爷爷骨灰落葬时的一幕。那天，爷爷的骨灰刚下葬，我们三家的孩子像参加运动会上的田径比赛，箭一般飞跑回家……当时村里的说法，谁先跑回家，谁能将爷爷的魂灵引回家，往后谁家就鸿运高照、财运亨通……

我心生纳闷，轻轻问母亲："今天怎么没人争抢爷爷奶奶的魂灵？"

母亲脸上风轻云淡，撇嘴一笑，说："现在不时兴了。当年你堂哥第一个冲回家，你却落在最末一个。我和你父亲都抱怨你不争气，跑得慢……几十年过去了，堂兄和你不都一样，过得寻寻常常、平平淡淡?"

　　望着世事通透的母亲，我忍不住哈哈大笑。笑声有点放浪，有些出格，我赶紧打住……

　　晚上，大家聚在伯伯家聚餐、拼酒，气氛热烈、融洽。结束时，已是晚上九点。我洗漱一番，倒头呼呼大睡。第二天醒来，搜寻昨夜梦境，脑中竟是空空如也。

矮脚楼

1

　　那年秋季，我六岁。奶奶第一次带我上街，上的自然是寺北街。

　　奶奶怕我走丢，一路拽紧我的小手。我像木偶似的被奶奶一会牵向东，一会牵往西。奶奶嘴巴碎，叽叽咕咕唠叨，什么米行啦，茧行啦，布店啦，香烛店啦，裁缝铺啦，杂货铺啦，理发店啦，铁匠铺啦……我似懂非懂。挤入人堆，张眼都是匆匆行走的腿脚，摆动的手臂。只有鼻翼间充溢的市街气味——香皂味、煤烟味、大饼的麦香、余油条的菜籽油香、猪油夹葱的甜香味，新鲜而异样，让我稍稍感到欣喜和满足。奶奶只字不提点心店、大饼油条摊。她抠、小气、不肯花钱。她从衣袋摸索出两颗烊化的水果糖，塞在我手心。我晓得，那是村里阿发结婚时的喜糖，她囤着，舍不得吃。现在赏我，堵我嘴巴。

　　寺北街分上河东街与上河西街，街与街间隔一条市河。长条形青石砌就的富安市桥将两条街道衔接。站在桥的高端，奶奶托起我，指点我看桥下风景。河面泛着的缕缕水汽，与秋的薄雾交织飘逸，倏来忽去。两三只机帆船"突突"而过，"嘎，嘎嘎"，几只鸭子鸣叫着，悠悠凫水，心定气闲，旁若无人。两岸是矮脚楼，砖木结构，参差不齐；那灰白的山墙、斜坡的屋顶、青黑的屋脊在雾霭里时隐时现。一群鸽子时而在瓦楞蹦跳，时而扑棱扑棱旋飞空中……咿呀咿呀，一条小舢板划橹而至。船上女人扯开嗓门，向岸上叫卖："卖鱼——卖鱼喽——刚捉到的鲫鱼、鲢鱼、昂刺鱼，五毛钱一斤……""吱呀"，窗户洞开，透出女人端庄的脸。女人矜持，朝水面轻轻一句："来一斤，鲫鱼！"窗口慢慢放下绳子牵着的竹篮，篮里盛着几张毛票。船上女人点了钱，麻利地用杆秤称鱼，然后倒进竹篮。绳子缓缓提起，将竹篮收入窗内……

奶奶一脸艳羡，叹息道："哎，街上人真福气！住的是楼屋，吃的是荤腥。"

上小学时，我的同桌叫杨惠中，街上人，住上河西街23号。礼拜三下午，老师集中学习，学校放午假，杨惠中邀我去他家。他家门头轩敞，顶端青砖上雕刻着"允则口中"四个字，第三个字已被撬掉。穿过门头，眼前豁亮，是一个长方形的大天井。天井东边靠河的矮脚楼内，住四户人家。天井为公用，晾晒着各家的衣裤、马桶、鞋子，家家门前堆放着柴爿、煤球、煤炉……他住南面第一家，门口竖着几块排门板。进门是客堂间，正对门墙壁张贴着领袖的肖像，两侧是一副褪色的红对联："四海翻腾云水怒，五洲震荡风雷激。"对联下方放着一张杉木的八仙桌、几张木椅。他牵我上二楼。楼梯昏暗、狭窄，仅容一人上下。他在前，我在后。我紧握木扶手，踩着开裂的楼板，"叽嘎叽嘎"，小心翼翼往上爬。我紧张，心瘆得慌，到二楼时脊背渗出冷汗……二楼为卧室，不大，一张木床，一张小铁床，床与床之间用一道布帘子隔开。靠近屋顶有一个老虎窗（天窗）。他搬来小木梯，鼓励我上去。我佝腰踩着梯子，抖抖瑟瑟爬到顶端。推开木格窗，我的头伸向室外。仰望天空，湛蓝湛蓝，一撮撮纯白的棉花云仿佛触手可及；向东瞭望，河对面也是一排错落的黑瓦青砖的木楼屋……他拉我到临河的窗前。踮起脚尖，俯瞰窗下：河水碧青，潺潺湲湲；舟楫往来，穿梭不息。恍恍惚惚，眼前浮现出六岁时在市桥眺望的一幕。

　　杨惠中将头贴近我耳朵，用蚊子似的声音对我说，天井内的楼屋都由他爷爷建造。民国时爷爷是个大资本家，在上海开丝线厂。厂子鼎盛时有工人几千，机器数百台。发家后的爷爷回到家乡，购地皮，兴土木，起楼盖屋。他出生前，爷爷的楼屋除南面一间由他家居住，其余的已由政府分给三家无房户。说完，他叮嘱我："这是秘密，不得向外人道，父亲再三关照过。"出自对友谊的忠诚，我伸出手指，与他拉钩，向他起誓："打死我也不说！"

2

　　杨惠中长着白净的圆脸、小嘴、挺拔的鼻尖。他见面便是微笑，一笑，两颊挤出小酒窝，温顺的模样像栏里的小绵羊。因为脾气好，抑或他是街上人，能满足我的虚荣心，我常去他家玩。一来二去，我对院里的人事渐渐熟识起来。

　　与杨惠中紧邻的一家，住一老一少。老太太，七十岁上下，驼背。我去时，她总窝在老旧的藤椅里孵太阳，双手搂着一只大猫咪，猫乌黑乌黑，长尾巴。冬天时，她脚下垫着一只铜脚炉。小的是她孙子，叫薛立煌，她喊他小煌。说是孙子，人们私下不认可，都说，是她为自己养老送终领养的。那时薛立煌上初中，我们上小学，他大我们三四岁。他文静，寡言少语，看似那种心事很重的人。我们见面如陌生人，互不招呼。放学回家，他提着书包，嗵嗵嗵直往楼上跑。杨惠中告诉我，小煌奶奶不许他玩，也不差他做家务，只准他看书、写作业。

　　见到老太太，我亲热地唤她奶奶，乖巧地伴在她身边，像小鸡围着母鸡转。见她高兴时，我伸出手，轻柔地捋捋她怀里猫咪油亮的毛发，一边捋，一边模仿她口气说："乖，乖，乖囡囡。"她被逗笑了，一笑，我发现她空洞的嘴里牙齿所剩无几。

　　有一次，她正经八百开导我，说："小孩子念书要上劲，以后可以书包翻身。书里自有黄金屋，书里自有颜如玉。我家这辈子就是吃不识字的亏。"她说，我"嗯嗯"使劲点头，像小鸡啄米。说着说着，她神情显得激动，板结的脸也有了松动，两颊的皱纹漾开。她将憋久的话滔滔不绝倒出来，像防止衣服发霉及时挂在阳光下暴晒。年轻时她嫁入大户人家，夫家有房产十多间，粮田近百亩。后来丈夫结识跑江湖做生意的大佬。大佬撺掇他，合伙做蚕丝生意。不久生意惨遭失败，蚀了本，丈夫与大佬发生纷争，打起官司。大佬奸诈心黑，欺她男人不识字，生意伊始便设套、挖坑，在生意的契约书上动手脚。她家罄其所有与大佬打官司。官司耗时两年半，一直打到省高院，直至倾家荡产，结果还是输……于是，她心心念念要让小煌识字念书，将来可以有出息，出人头地。

　　小煌在我眼里显得很神秘，如谜一样缠住我。我开始观察他的举动。我发现，他去得最多的地方是家北边的老头家。听杨惠中讲，那老头叫杨泽世，鳏夫一人，年轻时父母早亡，高中毕业时考取安徽某大学数学系。大学毕业以优异的成绩留在该校教书，不久晋升为副教授，后来他被下放，回到家乡……老头很少下楼，我从未见他面。那次放学后，我远远跟随小煌，见他径直去了杨泽世的家。"哧溜"，我闪进老头家的楼梯，蹑手蹑脚爬上去，从门缝里偷窥。乖乖，老头家一屋子的书籍和报刊，书架上、桌上、椅子上、地板上都堆满。老头端坐着，戴着眼镜，镜片瓶底厚，眼里透出慈祥与温厚；小煌立一旁，专注地听老头讲解，讲的是数学题……

两年后，1977 年 11 月。平地一声春雷响，沉寂的华夏大地春潮涌动。中华的青年学子迎来了改变命运的时刻，国家正式恢复高考制度。命运之神总是青睐时刻准备着的人。经老头多年悉心辅导，刚进入高一的薛立煌已经自学完高中的功课。他报名参加了当年的高考。不久金榜揭晓，轰动整个寺北乡，也轰动了全县上下：薛立煌的数学、英语、语文三门课成绩都名列全县第一，高考总分荣获全县第一。不久，他被清华大学计算机科学与技术专业录取。那日，锣鼓喧天，鞭炮声震耳欲聋。寺北高中的师生前呼后拥，将大学录取通知书欢送到上河西街 23 号。昔日宁静的院子，一下子沸腾，街坊邻居纷纷围聚在天井。人们的记忆里，院子还是第一次如此喧嘈，充盈喜庆。小煌奶奶闻讯，身子不停地哆嗦。她接过通知书，向校长弯腰恭恭敬敬鞠上三躬，口里不绝道："谢谢政府，谢谢学校。谢谢政府，谢谢学校。"此时的小煌正躲在老头的小楼看书。她摇动小脚，跌跌撞撞爬上楼，将鲜红的通知书捧给杨泽世。老头见后，欣喜若狂，"啪嗒啪嗒"，涕泪直下……

3

礼拜天，我又去杨惠中家。冬日午后，灰漠漠的天幕下，他父亲站在天井中央，精神亢奋，手舞足蹈，高声嚷嚷："我爹造楼时，花五块大洋请了风水先生。先生说，这里宅基硬，地皮厚，东边有活水，是千载难逢的宝地，将来会出圣人。小煌中状元，我爹造的楼屋就是好，风水好。出状元，出状元喽！哈，哈哈，哈哈哈。"他仰天大笑……"哈哈，哈哈哈"，围观的乡邻也随之笑起来。

杨惠中锁眉紧脸，面色出奇难看。他破例没有笑，拉我至天井角落，与我说悄悄话。那天学校敲锣打鼓送录取通知书的场景，沉沉打击了他父亲的神经。

"你娘呢？"我问他。这疑问藏在心底长远，终于忍不住发问。他尴尬，犹豫，吞吞吐吐说："我家成分不好，爹又犯病。我五岁时，她改嫁远方……"他痛苦的叙说，让我倍感惭愧，我突兀的问话好像在他伤口撒盐巴。

他继续向我讲述父亲的事。近来父亲逢人便讲，楼屋是他家的私产，他要收回。他多次去乡里的房管所、县里的房管局提出申请……房门口地板蛀蚀烂朽，父亲一脚踩下，"呼啦啦"，木板断裂。父亲在地板下发现一枚银圆。他如获珠宝，惊喜不已，不住扭动身子。他将银圆捧在手里，反复咂摸，细细察看包浆，将银圆夹在两指间，用嘴使劲一吹，"叮当"，发出清脆的金属声。"真的，是真的！"他跳将起来，呼喊着，眼里透出攫取的光芒。

次日清晨，杨惠中还在酣睡里，父亲将他从床上拽起，神秘兮兮告诉他："夜里我梦见你爷爷，他托梦给我，楼屋内藏有一瓮头的银子、十根金条，是专门留给我们的。我家要发财啦！"

随后的日子里杨惠中父亲要么站着，久久发呆，眼神定烊烊；要么双眼盯住院里各家，露出阴鸷的神态，样子挺吓人。

4

考入初中后，杨惠中与我不在一个班，彼此似乎少了见面的机会。但只要有空，我们还常待一起，或散步，或交流各自的生活、学习。中考时，我俩都以优异的成绩，考入寺北高中的重点班。

出乎意料的是，我们的班主任、数学老师竟是杨惠中的邻居杨泽世。国家落实政策，恢复杨泽世的国家干部待遇，给他两个选择，一是回原校当大学老师，一是留在当地工作。他选择后者，受邀进寺北高中当数学老师。放学前，杨老师对每天的学习进行总结，不断给我们打气鼓劲。他真能讲，口若悬河，洋洋洒洒，开口便是一场声情并茂的演讲。他从"苏武牧羊""凿壁偷光""头悬梁锥刺股""程门立雪"等古老的故事中归纳出精神内核，激励我们发愤学习。他常把薛立煌的事迹视作眼前的榜样、身边的楷模、成功的先行者。我和杨惠中似乎都从小煌的身上汲取着精神力量，冥冥中，我们都感到前途豁亮，时运在召唤。

进入高二，杨惠中没有来校上课。没有他的日子，我感到纳闷、茫然。周末时，我去了他家。原来，他已辍学，进工厂上班。他家是市镇户籍，国家出台新政，他被允准直接参加国有企业、集体企业招工，招工的单位有建设银行、税务局、供电局、红旗拖拉机厂、东方红钢铁厂。杨惠中本想读高中、考大学，圆大学梦。他父亲却以为，大学毕业后仍将寻工作找出路，更何况能否考上还是未知，不如趁早有个着落。他拗不过父亲，想想父亲的盘算也在理，便答应父亲，参加红旗拖拉机厂的招工……见面时，他仍是微笑。谈及将来、前途，他似乎很自信，也乐观。我感到释然，为他有了自己的归宿、自己的命运而欣喜，心里默默为他祈祷、祝福。那一刻，我的心里涌出一丝羡慕和淡淡的落寞。

我整天沉浸在茫茫的题海里，陷入没完没了的功课中；杨惠中开始务工赚钱，早早操心起生计。两人见面机会陡地减少。偶尔他会来信，信中虽没有挥斥方遒、指点江山式的豪言与激情，却时时有同龄人的共情心与同理心，这对我无疑是一种精神上的勉励、懈怠无聊时的慰藉。当然，信里谈得最多的是他的工作、生活，以及他初入社会时的感受。当时的他只有十六岁，还是个没有烟火气的孩子。车间里实行"三班制"，师傅大多是老工人，他们的世俗与势利，言行的粗鲁与鄙俗，让他时时感到不适与尴尬。师傅欺负徒弟像狱中老犯人欺负新犯人，一切天经地义。车间里最苦最脏最累的活，都得由他稚嫩的肩膀去扛，他无以违逆，无以抗争。他经受着肉体和精神的煎熬，一度陷入无力、无助、无边的孤独中。可当时的我没有感同身受，更无法体悟他的切肤之痛。我去信时，仅说些冠冕堂皇的浮皮话，或隔靴搔痒的套话来敷衍、搪塞。现在想想，我为当时自己的笨拙无知感到愧疚和懊悔。

5

时已深秋，秋风一天紧似一天。校园里，梧桐的叶子渐渐枯黄，树枝上几枚寒蝉在没心没肺地凄叫。吃中饭时，同学告诉我，昨夜杨惠中发生车祸，已往生。听到噩耗，我傻傻坐着，竟无法相信眼前的事实，我的双眼变得模糊湿润。下午老师的讲课，我全然没进耳朵，我的眼前始终浮现出他的影子：那白净的脸，见面时的微笑，微笑时的小酒窝……

放学后，我直奔上河西街 23 号。杨惠中的尸体停放在医院，堂屋里设着他的灵堂。墙上挂着他放大的黑白照片。那照片是我与他一同拍摄的。中考前为准备准考证上的相片，我们相伴去了街上的佳美照相馆。照片上他白净的圆脸堆满稚气和微笑，两个酒窝如鲜花灿烂，清澈的眸子里透出明亮的英气。哀乐声声，几个妇人低头呜咽，他父亲坐一旁，耷拉着头，胡子拉碴，显得特别疲惫和苍老，嘴里喃喃道："是我害了他，是我害了他。不然，他可以考上状元的。我害了他……"

我获知了事情的大致经过。那天杨惠中上中班。出门时，他的行为与往日乖离，头发梳得滴溜顺，全身簇新的打扮，换上新衣、新裤，穿上崭新的白球鞋。推自行车出门时，他特地去小煌家，向他奶奶请安、话别。深夜十二点，已到下班的点。平时到点，他洗洗手，立马骑车回家。这次却似乎反常，他去车间和工人一一握手、作别，依依不舍。工厂离家有十多公里，骑车需一个多小时。夜已深沉，公路两侧的路灯发出黄晕，万物在秋雾里显得模模糊糊，不甚分明。乡村的公路碎石铺就，坑坑洼洼，骑车费力累人。途经一座高桥时，他使劲弓腰，吃力地踩着踏板上坡。突然，嘭的一声闷响，他被迎头驶来的一辆大卡车撞击。他从自行车上弹出。司机紧急刹车，从驾驶室跳下。在数十米远的桥堍，司机找到他，将血漉漉的他抱起，急遽送医院。因后脑坠地，脑颅大面积出血，医生抢救回天无力，十六岁的他永远合上了眼睛。

6

寒冬时节，北风凛冽，我去了上河西街23号。院子里，地面积水结成白雾似的薄冰，脚踩地面，发出"咔嚓咔嚓"的声响。微薄的阳光下，小煌奶奶在藤椅里闭目养神。我向她请安、问好。她"嗯嗯"应诺，用指头指指杨惠中的家，说："他又在神经兮兮，病得不轻。"我明白，她指的是杨惠中父亲。我走过去时，他正挥舞着榔头，"笃笃笃"，一会儿敲敲墙面，一会儿敲敲地板，贴上耳根谛听，嘴里自言自语道："在哪里，在哪里?"我喊他"叔叔"。他循声望一眼，立地收回满是迷茫陌生的眼神。似乎，他已认不得我。我问他在干什么。他嘴里发出"嘘嘘"的声响，示意我别吱声，鬼鬼地对我说："金子，金子，父亲留下的金子。"我即刻想起了杨惠中提到的那个梦。

小煌奶奶向我叙述：杨惠中父亲经常蓬头垢脸，不吃不喝；有时手抄榔头，串到其他三家找金子。最北家住的是供销社干部，主人姓项，有两个儿子。那天他要进项家，遭到两个儿子的阻拦。他不听劝，非要闯入。结果扭打起来，他被揍得鼻青眼肿……他曾跟小煌奶奶说，等他找着金子，要邀上亲戚、院子里各家，上最好的饭馆宴请大家。他还说，要坐飞机上北京，观看升旗仪式，游览故宫、长城……

说完，她摇摇头，发出长长的一声叹息："哎——"

那日下午，我在上生物课。突然，远方传出汽车喇叭的鸣叫声："唔——唔——唔——"是119救火车的声音，局促而紧张，仿佛不断在呼叫："火、火、火……"下课后，同学们都涌向操场，看热闹。上河西街的上空卷起一股青烟，远看像燃着的一炷香；空气里飘来阵阵的焦味。几个没课的年轻教师，向着火的地点奔去。

放学前，消息传遍校园：上河西街的矮脚楼着火。幸亏是白天，发现早，救火及时，否则那整排的矮脚楼将化为乌有。我心里涌出不祥的预感，火灾莫非与上河西街23号有关？放学后，我和几个同学直奔上河西街。空气中弥散出浓浓的木焦味，我的嗓子里似乎有颗粒状的东西。上河西街23号，天井狼藉一片，充斥着断砖、碎瓦、燃剩的家具。杨惠中家的楼屋屋顶倾塌，只有烧焦的几根柱子，在冷风中孤零零站立。

小煌奶奶向我述说当时情形，说话时还是惊魂未定，心有余悸。那时她在椅子里眯盹。一股刺激的烟味呛进鼻子，她被惊醒，睁眼瞥见杨惠中家蹿出一股浓烟，带着强烈的灼焦味。她惊慌失措，含着哭腔声嘶力竭嚷叫："火！火！救火啊，快来救火……"听到呼叫声，附近商店的营业员马上打公用电话报火警。他们纷纷赶来，拎木桶的、捧脸盆的，七手八脚端水浇火。几个男子冲上楼，将全身焦黑的杨惠中父亲抱出来，此时他已奄奄一息。很快，救火车赶到，消防队员将火势控制，直至扑灭。

小煌奶奶猜测说：肯定是杨惠中父亲纵的火，为寻找金条、银子。医院传来的消息说，杨惠中父亲高度烧伤，尚在昏厥中。医生正全力抢救，生死未卜。

海员之妻

1

那晚在红楼酒家，参加朋友的寿宴。酒席上，我右边坐着原寺北乡供销社主任唐福泉。我推算年月，确证当年我的初恋情人苏晓晴，正在他麾下做职员。出于对苏晓晴突然在我面前失踪原因的探寻，也出于对她存有的种种疑惑，我低三下四向唐主任套近乎，努力想从他身上抠出有关苏晓晴的信息。

我细细打量起身敬酒的唐主任。69 岁的他头顶毛发稀疏，前额方正饱满，油光水亮，脸颊赘肉鼓囊，下身腆着个罗汉肚。几杯白酒之后，他面红耳赤，口吐飞沫，说话语速快、分贝高，声压全场。他不断炫耀昔日的荣光与权威，物资贫乏年代，所有的物资都由供销社发票供应，什么煤球票、粮票、油票、糖票、肉票、布票，就连过年时的白菜、豆腐、青川鱼都凭票定量供应，更不必说高大上的自行车、手表、缝纫机、收音机四大件，都得由他分发给乡里的头头脑脑。在旁人眼里，他似乎成了呼风唤雨撒豆成兵的公孙胜。嘚瑟尽兴时，他竟然冒出一句时髦的话："小河弯弯入大海，我们的供销社就是这么牛！"

趁唐主任搛菜吃食的间隙，我抻抻他衣袖，满含歆羡的语气说——

"听说当时供销社美女如云，是街上一道靓丽的风景?!"

"嗯。是咯。供销社有三十多个职工，都是清一色年轻女子……当时营业员活计轻，福利好，有多少人削尖了脑袋想钻进来。但一般人来不了，进来的都是领导的子女，或者有背景的女孩。"

"你还记得，有一个叫苏晓晴的营业员?"

提及苏晓晴，他脸色微微一怔，惊讶地说——

"当然记得。她可是出了名的大美人，寺北街无人不知，无人不晓。怎么，你认得她?"

"嗯，是的。她是我的一个远房亲戚，好多年不联系了。"

"我当主任不久，一把手乡长递来纸条，上面写着要介绍苏晓晴进供销社。当时编制紧张，乡长亲自出马去县供销总社疏通关节，三月后才办妥。"

"如此神通广大，好像她家没什么背景呀?"

"背景说不上，但很有钱。那时，苏晓晴 20 岁。她处的对象李云生，父亲是海员。父亲退休后，子承父业，李云生顶替去船上工作。海员的薪酬高，比乡长高出一大截。听说李云生家给乡长备了大礼。苏晓晴有兄弟姊妹五人，家境贫困，没念完初中就回家种地。她长得漂亮，相貌出众，是公认的一枝花。经媒人穿针引线，李云生和苏晓晴认识。李云生对她一见倾心。苏晓晴起始不同意，嫌他文化低，人太老实。但她父母坚决要让她嫁给他，并向李云生家开出苛刻的条件。一是安排苏晓晴去街镇工作，脱离农村。二是她弟弟日后念大学的费用由李家承担。李云生全都应诺。她便顺从了父母的安排。"

我端起酒杯，恭恭敬敬唐主任一杯。他咕嘟一口下肚，咂咂嘴，脸上显出惬意和满足。我为他递烟、点烟，并就势询问——

"她为人怎样？街坊一直有传言，说她生活不检点、放荡，与好多男子有染。"

唐主任猛地抽一口烟，吐出一串烟圈，腾云驾雾。他眉飞色舞向我叙说——

"苏晓晴平时话不多，干活认真、负责，重活累活抢着做，毕竟她在农村吃过苦。但她长得出众、漂亮，引来无数苍蝇嗡嗡嘤嘤围着转。

"那次供销社遭贼偷，商场角落被撬出一个壁洞，小偷从洞里钻入商场，洗劫值钱的商品。派出所十分重视，成立了专案组。专案组设在供销社二楼会议室，陶所长亲自任组长。办案人员将所有职工找去问话。

"苏晓晴款款步入会议室，如一缕清风袭来，楚楚动人。陶所长眼前一亮，用阴沉的语气问她：'昨天去你柜台的顾客，有

没有可疑对象？'

"苏晓晴没加考虑，随口答道：'记不得了。好像没有。'

"'最近有没有外人与你接触，联系。'

"她沉默一会儿，两手一摊，摇摇头，回答：'没有。'

"'昨晚你去了哪里，干些什么。'

"'晚饭后，我躺在床上看电视，不久迷迷糊糊睡着了。'

"'有谁可做证。'

"'没人做证。'

"'别一问三不知，你得老实交代。群众的眼睛是雪亮的。我们绝不放过一个坏人，也绝不冤枉一个好人。我们的政策是坦白从宽，抗拒从严。'

"'我……我……真的没做什么。看一会电视，就入睡了。'

"她脸色涨得通红，说话急急巴巴。

"所长指使手下人带她去三楼小会议室，让她反省反省。

"审案中途，陶所长借口去小解，悄悄上三楼找了苏晓晴。

"下午三点，苏晓晴回到商场柜台，眼里泛出红润……"

唐主任讲述得激动、兴奋。我为他揶了一筷菜，劝他多吃点。为缓和气氛，我笑嘻嘻，换个角度问他——

"你整日窝在美人堆里，幸福指数一定杠杠的。"

"呵呵，你想错了。兔子不吃窝边草。"

我调侃道："窝边有草，何必东奔西跑。"

"哈，哈哈。"他被逗得开怀畅笑，接着说道——

"俗话说，三个女人一台戏。女人多的地方叽叽喳喳，口舌多，是非多。我与她们始终保持不远不近的关系，处理事情尽量客观公正不偏不倚，免得落人话柄。"

"是咯，唯女子与小人难养也，近之则不逊，远之则怨。"我附和他。

"当时苏晓晴处在矛盾的旋涡中。刚来伊始，她为人低调、大气，经常将丈夫从海外捎来的饼干、糖果等与同事们分享，加上干活勤快，与同事关系融洽和谐。渐渐，她美丽漂亮的外貌引来众多男人的青睐，她的风头一时盖过所有的女同事。几位有姿色的女人嫉妒她，怨恨她。她们私下纠成一伙，诽谤她，传她的谣言，还常在我跟前告状。有一次，她们在商场大吵大闹，与她扭打起来。我赶到后才平息。有个男职工觊觎她多时。在她上厕所时，竟玩起恶作剧，他在男厕所将点燃的鞭炮扔入公用的化粪池。叭叭叭，鞭炮声突然响起，她吓得提着裤子往外跑……"

"据说在整个寺北街，苏晓晴绝对是个尤物，你对她竟没一点动心?"

唐主任终究是老江湖，滴水不漏地回答道——

"说一点没动心，那是虚伪。男人见了美人，多瞄几眼，纯属常情。否则，就算不上真正的男人。当时男女问题叫腐化，组织对腐化的处理很严肃，一旦事发，轻则撸去乌纱帽，或开除公职，重则判刑、坐大牢。有一次，苏晓晴拎着两个热水瓶，笑吟吟跨进我办公室，旋即将门掩上。她神色暧昧，想套近乎。我神经紧张，赶忙起身，将大门敞开……"

我轻轻端起桌上的茶杯，呷口茶，捋捋心绪，抛出内心久藏的疑问——

"她后来去了哪里，为啥走?"

"哎，说来话长。她调走，和乡里的联防队队长有关。他原先是街上的小混混，喜欢打打杀杀。派出所以毒攻毒，聘他为联防队员。他去联防队后，那些聚众斗殴的、拍肩胛勒索的、小偷小摸的都有所收敛，街上治安明显好转。那次供销社的盗窃案，破案的线索也由他提供。后来他被重用，提拔为联防队长。

"联防队长有事没事去找苏晓晴。她看不起他，冷待他。他黏黏搭搭，不断纠缠。得知她的住处后，他直接去她家。他敲门，她不开。他便死命敲。为不影响邻居休息，她只得放他入门。放进门，便引狼入室……

"联防队长发觉苏晓晴与其他男人有交往，夜晚常以工作为借口，候守在她家舍附近。有一次，有男人从她那里出来。趁着黑暗，他上去对他拳打脚踢。最后认出是所长，他撒腿便跑……"

我已猜出几分，联防队长肯定是我在商场见过的那个男人。我把他的外貌描述给唐主任。他颔首点头说："对，是的，就是他……"我终于明白，那次从她家出来，迎面泼来一盆脏水，肯定是他干的。我暗自庆幸，那次他没下毒手，否则我将遭受皮肉之苦。

唐主任告诉我，他一度心情烦恼。单位的女职工四分五裂，钩心斗角；外面传说沸沸扬扬，供销社丑名远扬。为不再闹出幺蛾子，也为供销社名声着想，他找了乡长汇报发生的一切。乡长闻后，脸色铁青，当即决定将她调到乡广播站做播音员，并安排住进乡机关大院的值班室……

宴会行将结束，我赶忙抛出所有的疑问，询问他真相。

"乡长对苏晓晴的事如此上心，我猜测并非钱财这么简单，他与她可能也有一腿？"

"没有实证，不敢瞎诌。但有职工发现，她曾坐上乡长的轿车，向市区驶去……"

"她进了广播站，在乡机关大院工作，一切该消停了吧？"

"有关她私生活的闲话，从没断过。联防队长是个典型的下三烂，嘴巴像大炮封不住，常把与她的床笫之事显摆给别的男人听。说她丈夫长期在外，孤独，耐不住寂寞，主动联系他。她的性欲超强，一夜反复多次，他招架不住，体力不敌……她和别的女人不一样，对钱财没有任何索求，送她钱物一概拒绝……"

宴会结束回到家，我亢奋、激动、彻夜未眠。我拿出珍藏已久的她送我的那支派克笔，轻轻摩挲、回味。多少次，寻寻觅觅，不见她的踪影，我懊恼、伤感。有人说，她换了工作，去了一家冷僻的单位；有人说她随丈夫，去了上海；有人说她辞职，下海经商，做了老板……我必须承认：最初的日子我恨她，她让我如醉如痴爱上她，导致我的学习成绩一度一落千丈，险些没能考上大学；我怨她，她给了我短命的初恋，使我早早陷入情感的泥淖，难以突围；我责怪她，她的无情无义，不辞而别……时过境迁，人海茫茫。在遥远的记忆深处，只要惦起她，念起她，眼前就会浮现她的倩影，一切的不愉快，所有对她的恨、怨、责怪统统烟消云散。而她的美丽、大方、优雅、清纯、善解人意，还有那迷人的笑容，都成了美好的记忆，都化作我对她深深的思念……

2

那年，我 16 岁，高一，寄读在寺北高中。

从食堂出来，我没回教室，直接去了操场。夕阳垂暮，和风习习。杨柳垂下万千柳丝在风中摇曳，像翩翩的舞女，风情婀娜；小鸟叽叽咕咕栖息枝丫，展喉恣意晚唱；草木的清香氤氲在空气中，漫漶出春日的气息、韵味。

跑道上斜躺着一只球鞋。我对准它，飞起一脚，鞋子在空中画出一道弧线，噗地掉落地面。我漫无目的，踱步行走。心里空落落的，一如眼前的操场空空荡荡。一种莫名的落寞、淡淡的惆怅淹住了我，似烟似雾……我的肌体日渐发酵膨胀，身子竹笋似一天天拔高，内心却日益虚空、无聊。除了上课、作业，啥都提不起劲。时常一个人静静呆坐，独自面对虚弱的内心。遇事不愿与同学交流，更不愿向老师父母倾吐。平日里，小心翼翼，睁大眼睛冷漠地窥视周围，像刺猬蜷曲身子张开尖刺呵护敏感的自尊。见了地上的蚂蚁，我蹲下身谛视，观赏它们吵架斗殴，我仿佛听见它们厮杀的声音。我常为做错一道题、老师的一句批评、同学的一个玩笑而懊恼忧伤，甚至为一片落叶、一场小雨，为某个女生对班里男生的一个媚眼而伤感、惆怅……成绩单上的评语，老师突兀地写着："该生个性乖僻，不能融入班集体……"

跑道尽头的角落，有一间小屋。门没上锁，用铅丝和铁钉按住。旋开铅丝扭成的结，我推门而入，一股霉陈味扑鼻而来。逼仄的空间，堆满扫帚拖把、断腿的课桌长凳、网破的羽毛球拍、缺柄的标枪、泄气的篮球足球，还有一面布满蛀洞的校旗。倚靠墙角，放着一台老式的脚踏风琴，已散架。这家伙，我熟识。小学三四年级，每当上音乐课，校长唤上五六个男孩，去他办公室，嗨哟嗨哟，七手八脚将木琴抬进教室。校长是个矮老头，个子高不了我们几许。他端坐黑板前，踩着风琴，边弹，边唱。他操着吴语普通话唱一句，我们跟唱一句。那阵子，我们学会了《春苗出土迎朝阳》《赤脚医生向阳花》《映山红》《红星照我去战斗》等歌曲。

掀开盖子，木琴的身躯有几处断裂，后背露出有序排列的簧片，黄铜铸成，透出光泽。我欣喜不已，将铜簧片一个个从琴上掰下，藏进口袋。随后，关门，将门边的铅丝缠在门框的钉子上，悄悄离去。小时候，村里的小伙伴见了铁块、破布、尼龙纸、肉骨头、鸡黄皮、甲鱼壳，都争抢着，据为己有，积攒后去供销社的收购站变卖，换回铅笔、本子、小人书。黄铜是稀罕物，价格贵，我抑不住自己的占有欲。孩时的伙伴田鸡，曾将别人木门上的铜配钮，用镰刀撬下，卖给走村串巷的锁匠浇制钥匙。事发后，田鸡遭到村里人奚落，数年后还常被人牵头皮。

我掏出一枚，按在唇边，轻轻一吹。嗡——呜——铜簧片发出清脆悦耳的金属声。我边走，边吹，心里哼着流行的《乡间的小路》歌曲……

那日中午，我来到寺北街供销社的百货商店。崭新的百货大楼，轩敞明亮，簇新的玻璃柜台内，商品琳琅满目，斑驳灿烂。学习用品柜台前，女售货员趴在柜台上，与一个男子窃窃私语。我走上前，诺诺地对她说，买东西。她站直身子接待我，抬头的刹那，我看清了她的容颜：一头卷发垂披肩上，波浪阵阵；雪白粉嫩的肌肤像家乡的水蜜桃能掐出汁水，皮肤下细小的血管若隐若现；精致的鹅蛋脸上，配着高挺的鼻梁，淡淡的蛾眉下嵌着一对大眼，湿润、幽蓝的眸子波光闪烁。她朝我莞尔一笑，朱唇边绽出齐整的玉齿……如此美丽动人，我惊诧不已，心湖开始摇曳，荡漾。

"买什么？"她问。一开口，她嗓音娇嫩甜润，满含着磁性。

我垂着头，不敢正视她，憋着嗓子说："圆珠笔、笔记本。"

她问："哪一款？"

我随便指了两款，付钱，拿起笔和本子，脚步潦草地跨出商店。

我不知道自己怎样回到教室，也道不出什么缘由，为何见到一个与己毫不相干的女子，竟显得如此狼狈、落拓。见到她的那一刻，我自惭形秽，觉得自己无比低下可怜。整整一下午，我坐在课堂中像呆鹅一般，怔怔忡忡，满脑子糨糊。脑海中充斥她的影子，老师的讲课全成耳旁风。

晚饭后，我不由自主走向操场。一抹夕阳，悬垂西天。空旷的操场绿草如茵，天空澄澈透明，我的内心却混沌一片。我掏出铜簧片，边走边吹，脑海里不时咀嚼白天商场柜台前的一幕，那女子的一笑一颦、言行举止……

小屋的门虚掩着，铅丝被解开。我好奇，蹑手蹑脚走近小屋。嗯哪、嗯哪，门缝里传出低微的声响。一对男女紧紧相拥，在恣意接吻。男的好像是学校的体育老师。我赶快抽脚，奔向教室。

夜晚，我躺在宿舍的双层铁床上，春梦连连。梦里尽是她扑朔迷离的神情、迷人的风情姿态……迷迷糊糊，紧要处，我跑了马。梦醒时，我的内裤湿润、热乎乎的。

3

　　清晨，高音喇叭播放着《牧羊曲》："日出嵩山坳，晨钟惊飞鸟，林间小溪水潺潺，坡上青青草……"歌声悠扬、清冽。那是出操的信号，我却睡得沉沉实实。要不是舍长推醒我，出操时我准会迟到。广播操结束回教室的路上，我蓦然想起，昨天购买的学习用品价格不对，她多找了我两毛钱！

　　中午，我去商场退钱。心里暗自庆幸，这是一个绝好的借口，我多想再睹她的芳姿。

　　她正埋头看书。我靠近时，她没在意。

　　"喂，你好。"我壮壮胆，与她招呼。

　　她微微一惊，站起来，将书放在柜台上。她上身穿着一件海军领的连衣裙，碧蓝的领子，雪白的裙衣，修长的她显得英姿飒爽，阳光而清纯，如一泓清漪。我朝她一瞥，她胸前深深的乳沟凸现我眼里，饱胀的胸脯仿佛在抖晃。刹那间，我身如触电，目光迅速挪开。

　　她似乎认出我，向我粲然一笑。她的笑，连同她的美貌，再次深深吸引我。我盯看时两颊辣豁豁，着火一般。

她问我："买什么？"

我抖抖瑟瑟说："昨天买的笔和本子，你算错钱了。"

"哦，怎么可能？"她回答时脸上闪过羞涩的神情。

"一共三毛钱，我付你一元，你找我九毛。多找两毛。"

我将钱递给她，还她。

她有些尴尬，接钱时轻声说："谢谢，谢谢！"

她顺手从身边手包掏出一块东西送我，长方形，咖啡色包装，像饼干。我不好意思接，随口问："啥东西？"

她郑重回答："是巧克力糖，外国的。"

平生首次听说巧克力的名字，出于对外国糖果的好奇，出于感激她的诚心，我伸手去接。她将巧克力按入我手心。她的五指覆盖着我的手，手指柔和、滑爽、温暖，如一丝热流注入我心田……

我朝柜台上的书一瞥，《红与黑》，世界名著。

"读过吗？"她柔声细语问。

"没有。语文老师提到过，图书馆里没找到。"我镇镇气，回答。

"我即将读完。你明天来，借给你看。"

"嗯，好的。"

路上我手捧巧克力，轻轻摩挲，如同宝贝。小心撕开包装，掰一小块，塞进嘴里。细嚼慢咽，沉郁的甜味在舌尖淌过，可可的香气从唇齿间逸出，我沉醉在从未尝过的香甜中。剩下的大半块，不舍得吃，重新包裹好，藏进口袋。

折进街市的杂货店，我买了一面小圆镜，碗底大，圆圆的，绿色塑料框镶嵌着圆玻璃。凑到墙角，揽镜自照。我陡地发现，我的两鬓、上唇，一撮撮髭须卷成许多小圆圈，像沼地上的一片青苔。内心陡地惊慌，一时涌出男子汉的骄傲，还有淡淡的一丝惆怅……

第二天中午，我去商场找她。远远望见，她站着，心神不定，眼睛不时朝门口瞟。哦，她在等我。我抵近柜台，她笑吟吟迎接，露出些微的兴奋、激动。她将书用报纸裹好，捧给我。

"周六晚上九点，电视将播放《红与黑》，法国电影。"她急切地告知我。

"哦?! 哎，家里、学校都没电视机!"我惊讶，感喟地对她说。当时外国影片十分稀罕。

"你真要看，可以去我那里。我家舍有，黑白的，21 英寸（约 53 厘米）。"

说话时，她幽蓝的眸子盯住我，深情款款，目光炽烈。

"嗯，嗯。好。好的。"

她灼灼的眼光将我的魂魄勾去，我话不成句地作答，甚至忘了向她辞别，慌不择路地离去。

自修课，我从桌肚掏出她借我的《红与黑》，偷偷翻阅，却发现书页里夹着一张薄纸片，上面歪歪斜斜写着："上河西街66号，供销社家舍106室。苏晓晴。"她分明在告诉我，她的住址、她的芳名。轰的一下我的心即刻变得亮堂、煦暖，浑身充满勃勃的活力。

我开始阅读《红与黑》，如饥似渴，利用一切空闲时间，课间、自修课、饭后歇息、晚上睡觉前。我被小说的主人公于连深深吸引。于连作为一个小木匠的儿子，出身低微，但不安于现状，他的血管里似乎流淌着拿破仑的血液，他要凭借自己的坚强意志、借助个人的努力奋斗，跻身上流社会……读着，我时时和自己的身世比照，我家境贫寒，父母是老实巴交的农民，他们整日伺候土地，脸朝黄土背向天。眼下，我唯一的希望、唯一的出路，便是通过书包翻身考上大学，走出乡村。我必须挑战自己的命运……我似乎与于连同病相怜、惺惺相惜。好几次，我忧伤、流泪，为于连，更为我自己。

于连在市长家，与瑞那夫人柔情蜜意，情思缠绵；在侯爵家，于连爬窗进入他女儿玛蒂尔德的房间，与她幽会做爱。面对饱含激情的文字，我懵懂的心仿佛被唤醒，心湖狂风大作，波涛汹涌；体内似乎有无数虫子在蠕爬，脑海里充斥着苏晓晴的身影。我渴望与她会面，对她倾诉衷肠。于连的勇气仿佛在鞭策我，激励我，向前、向前。

　　我计数着日子，盼望着周六晚上尽快来临。我无法把控自己。周五的中午，悄悄去寻访她的住址，上河西街66号。那是一幢三层楼屋。狭长的楼道，阴暗潮湿。走着，心悸悸，忐忑不安。106室在过道的尽头，我草草一望，望见门牌上106三个阿拉伯数字，还有门框上半褪色的"囍"字。不敢多停留，匆匆折身而返。迎面走来一位老太太，手里拎着马桶。她纵声发问："你找谁?"

　　我心虚，惊一跳，急急巴巴回答："我找人。走错门了。"

　　老太太立定，睨视长久。我感觉，她在怀疑我。我加紧步子，贼一般溜出过道，返回大街。

4

　　周六下午，寄宿生放假。放学的铃声响起，同学们兴高采烈，像自由的小鸟，向校门涌去。我没回家。我让同学转告父母，周日上午回家。

　　天色渐渐变暗。往昔的喧闹消失，校园变得静谧、冷清。宿舍里，只我一个人。仿佛一切停滞，时间特别缓慢。我的心飘忽不定。一会儿躺床上，遐思；一会儿坐着，发呆；一会儿立起，来回走动。我焦躁不安，思绪纷乱。初次约会，我感到紧张、惶然；想到可以见她，异常激动亢奋。能与美人交往，心里陡然生出男子汉的神圣与庄严。见到她，该说些什么，该怎么说，我自导自演……

挨到八点，我去她住处。过道黑咕隆咚。怕遇见人，又怕发出声响，我扶着墙壁，蹑手蹑脚靠近她家。想敲门，但迟疑不定，黯然放下抬起的手。突然，耳边似乎响起于连的声音，向前、向前。我攒足勇气，提振精神，笃、笃、笃，用手指轻轻地敲响木门。

"进来，门没锁。"她温情的声音从门内传出。

门缓缓推开。室内电灯、电视机的光线漫射，我的心底立时变得豁亮。

她笑盈盈过来，引我入客堂。房子不大，不过四五十平方米。电视柜后面的墙上挂着黑白的照片，一男一女。女的是她，身穿海军领白色连衣裙；男的穿海军衫，浓眉大眼，虎虎有生气。我茫然地盯望着，疑惑不解。她似乎有所觉察，淡淡地向我解释，那是她丈夫李云生，在远洋轮工作。他们结婚两年，丈夫常出航去国外，少则三四月，多则半年，彼此分多聚少……话轻松、自然，我的神经渐渐松弛下来。

我坐在沙发上，观看电视里的新闻。她从床头柜里抱来精致的铁皮盒，掏出几块饼干，说："这是奥利奥饼干，美国产的。尝尝。"

我细细端视包装上的英文字 Oreo，心里漾出丝丝的羡慕和满足。她随手拆开塑料纸，将咖啡色的饼干推向我嘴边。

我害羞，别过头，赶快伸手接过饼干。自己将饼干塞入口中。先是吃到两边的巧克力饼干，不怎么甜；再吃到里层的夹心，有奶油的质感甜味。饼干的香味一时弥漫在逼仄的空间中，我沉浸在酥脆香甜的滋味中。

她坐到我一旁。一边等待《红与黑》播放，一边与我闲聊。

"怎么称呼你？"

"我叫王世奎。在寺北高中，念高一。"

"真羡慕你，可以参加高考，念大学。"

"你是不是叫苏晓晴？"

"嗯。是的。"

"没参加高考？"

"我兄弟姊妹多，初中没毕业就回家做活。两年后，他父母来提亲。我父母看上他海员的工作，海员薪水高，答应将我嫁给他。"

"他工资有多少？"

"每月三四百元。"

"啊，三四百！"

我很吃惊。我知道，学校老师的工资才几十元。

"你将来喜欢做什么？"

"我喜欢语文，将来想当一名作家。"

　　电影开始。法庭审讯于连，我们渐入影片曲折缠绵的情景。于连在市长家当拉丁文老师。夜晚，市长、瑞那夫人、于连坐在菩提树下乘凉。市长开始诵读报纸上的新闻。于连无意间触到了瑞那夫人的手，她的手一下子缩回去。于连以为瑞那夫人瞧不起他，他的征服欲立地被唤起。他决心，必须握住这只手。他几次伸手去握瑞那夫人的手，她躲闪着。最后瑞那夫人的手被他紧紧拽住。市长离去，于连热切地吻住她的手……

　　我的心怦怦直跳。我别过头向苏晓晴瞟去。她的目光像两道电光射来，我的身子猛地哆嗦。她伸出纤手按住我的手，感觉她的手心在渗汗。我局促、不安，血脉偾张，脑子里晕晕忽忽……不知什么时候，我的头紧紧依偎在她胸前，她的胸脯急剧起伏，我听到了她心房噗噗的跳动声……她垂下头，双手捧住我的脸，将粉红的嘴唇凑近我唇边，我努力接住，恣意狂吻。她柔绵的舌尖将我的魂魄卷走。一切任由她摆布，我沉醉在她的温柔乡里……我喉咙干燥，满身燥热，下体硬朗抖颤。我的手滑向她的深处，水潲潲一片。她闭合双眼，身子在扭动，彼此身子立地交缠，云雨起来……人生初次，我把控不持，一会儿便偃旗息鼓，草草收兵。她的神色似乎掠过一丝不满……

　　我和她重新坐下，继续观看电视。影片临近结束。于连被送上绞刑架。三天后，瑞那夫人紧紧抱住自己的孩子离开了人世……兔死狐悲，丝丝悲凉、忧伤漫进我心胸，我的泪水禁不住滴落在脸颊上。我突然担心起自己的学业、未来、前途。父亲、母亲在苦苦期待，我能念书有出息，将来跳出农门，书包翻身。可眼下，我竟……眼前的她，是第一个让我彻心彻骨心仪的女人，她的外貌、神情、气质、韵味、一笑一颦、举手投足，让我一见钟情。我甘愿一辈子臣服于她，拜倒在她石榴裙下。可，她已经结婚，有了丈夫。现在的我算什么？深深的负疚感、罪恶感涌上心间，我的头埋得很低很低……

她悄然依偎我身边，用喷香的手帕替我轻轻拭去泪水。她扶起我的头颅，含情脉脉注视我。良久，问我："后悔了，怕了？"

我乱作一团，不知如何作答，呆呆傻坐。

她温玉似的手指摩挲着我的发丝，像母亲、像姐姐一般安慰我："不要有心事。你安心念书，考上大学。我不会牵累你。"

我无法捋清自己的思绪。低头，沉默。大段、大段的沉默。空气里凝固出压抑的气氛。

她伸出双手，轻轻端起我的脸，用灼热的目光逼视我。望着她焚烧似的神情，我的心渐渐融化，体内细胞逐个被激活。我闭上眼，仰起头，将嘴唇送给她……激情再次点燃，彼此扭作一团。她似乎经验老到，把控住节奏……最后彼此销魂蚀骨，欲仙欲死。望着她惬意的神情，我的心底涌现出至高无上的满足感、责任感，还有男人的自尊、自豪、骄傲……

5

日子变得充盈、踏实，我的前方仿佛有盏明灯在指引，我的生活充满琼浆玉液。漫步操场，我不再感到虚茫、空泛。我的脑海里分分秒秒充满她的身影。回忆那晚的点点滴滴，品嚼和她在一起的每个细节，如同巧克力一样可口、香甜、美好。

我们相约下周六晚上见面。随后的日子，我热切等待，日子变得漫长而遥远。

一日不见，如隔三秋。星期二中午，我去了百货商店。我没步入商场。近乡情更怯，我终于对这句古诗有了更深层的理解：迫切想见，又害怕相见。透过玻璃窗，我远远偷窥她漂亮的脸蛋、美丽的倩影，足足有十分钟，然后知足地离去。

周三，晚自习结束。我溜出校门，一路小跑，去了她家舍。黑暗里，我站在门口，谛听室内动静。我想敲门进去，但又不敢，那太唐突；又怕回去晚，让同学老师发现。驻足良久，含着留恋回去。

我实在憋不住对她的思念，周四中午，去商场见她。她柜台前，站着一男子，他们在叙聊。我想起，他便是我第一次去商店见识的那位。着意端详，他三十多岁，人高马大，眼睛浑浊，色眯眯，神态黏黏糊糊像嚼过的泡泡糖上沾着灰尘。我心生疑惑，她认识他，他们是什么关系？她见了我，笑着过来问我，买什么。我说，随便逛逛。我盯着她时，她似乎现出一丝羞愧。我离开柜台，去各处兜转。转遍商场，那男的还在。无奈，我心怀怅然，快快离去。

周六晚七点，我准时去她家。推开门，她站着恭候，披一袭粉红的睡衣，朦朦胧胧，空气里似乎飘逸着她的体香，我似乎看见她白嫩的肌体……四目相对的一刻，我们不约而同张开双臂，紧紧相抱，接吻。我的泪不由自主地涌出眼眶，是激动，还是长长的等待之后重见时的幸福？我无法说清。她的眼眶有些红润，为啥？我不知道……她没穿内衣，我的手忍不住在她身上游动，抚摸她光滑柔嫩的肌肤……她的身子一寸一寸被激活。她渴望着，身子像蚕宝宝一样蠕动，她发出轻微的呻吟声。我被她呼应着，身子紧贴上去，瞬间两人融为一体……

一切回归平静。我从口袋里掏出一枚铜簧片，赠送她，作为纪念。当时的我清汤寡水，实在拿不出像样的东西做礼物。

她眼睛一亮，高兴地收下，问我："是什么？"

"铜簧片，木琴上的。可以吹奏。"

她将铜簧片轻轻凑近粉红的唇边，缓缓地吹起来，嗡——呜——

然后，她浅浅一笑，含情脉脉地说："谢谢，我喜欢。"

　　她打开柜子上的梳妆盒，将铜簧片藏入。顺手在盒子内取出一支钢笔，小心翼翼递给我，郑重地对我说："这是美国产的派克牌钢笔，赠你，作为你考取大学的礼物。希望你今后能写出《红与黑》那样的小说。"

　　说话的刹那，我突然发觉，她的脸上掠过一丝荫翳。我的心咯噔一下，鼻子酸溜溜的……我接过笔，宝贝似的将它插在上口袋。

　　她委婉地劝我，早点回去休息。我听着，感觉有些突兀。我多想在她身旁多待一会儿。但她的话似圣旨，我不敢违逆。我恋恋不舍往回走。跨出门时，我别过头，睃她一眼，她目送着我，眼里泪花点点……

　　走出过道，哗的一声，一盆冷水泼来，将我从头淋至脚。我禁不住一个颤抖。一个男子的身影在我眼里倏地隐去。我闻到了异味。是脏水。我不敢吱声，落汤鸡一样逃离。

　　随后几周，我去商场找她，却没了她的影子。她所在的柜台，已换上一位中年女子。我向她打听苏晓晴的去处。她摇摇头，说不知道，表情神秘、诡谲。晚上去苏晓晴家，敲她门，没人回应。有一次，我好像听到她屋子里有响动，但敲门后，又沉寂无声……我开始发疯似的寻找她，无数次去商场，无数次去她家。她，竟一下子消失得无影无踪……

　　一切都成为水中月、镜中花，如同梦幻一般。我的心一下子从高空跌入深渊。我的甜蜜幸福戛然而止，我的初恋无疾而终。暑假时，我用她赠我的派克笔，在日记上模仿鲁迅《从百草园到三味书屋》的语气写道："Ade（德语，再见），我的苏晓晴！Ade，我的初恋！"

6

那次寿宴后，我和唐主任成了好友，电话联系不断。那天唐主任来电话，兴奋地告诉我，他获知了苏晓晴丈夫李云生的下落。李云生退休后，在湖边的缥缈山经营一处茶庄。我心头一热，喜出望外，赶紧向唐主任道谢，相约前往。

秋天的江南，天高云淡，空气澄碧透明。我与唐主任等几位驾车前往李云生的茶庄。汽车颠簸在湖边的山路上。路旁栽种着茶树、杨梅树、枇杷树、橘子树，枝繁叶茂，苍翠郁郁，在视野中匆匆掠过。汽车抵达半山腰，呈现一畴平地，几间小屋突兀眼前，青砖黑瓦，仿明清式样而造。屋边古树参天，荫翳遮日。站在屋前，眺望远方，湖光山色尽入眼帘：湖水斑驳，帆影点点；群山起伏，逶迤连绵。好一个静谧、幽远的处所！

门口安卧一对石狮，齐胸高。粗看青面獠牙，样子吓人；细细辨识，却是神情安详憨厚，惹人欢喜。门楣上悬挂着"云瀚茶庄"四字匾额，隶体撰写，铁画银钩，凝重而不失灵动。服务员开门相迎，我们挨次而入。进门不远，架着一座弧形的小木桥，桥下沟渠曲折悠长，泉水叮咚，让人油然生出曲径通幽之感。过桥之后，依次排列着一个个包厢，云河厅、云海厅、云霓厅、云水厅、云瀚厅等。服务员指引我们进入云瀚厅。我点了喜欢的碎银子茶，还有香瓜子、话梅、橄榄、水果等零食。

煮水烹茗的空隙，我去茶庄各处溜达。西边尽头，有一间玻璃打隔的小屋。门上贴着经理室的字样。我敲门而入。一块四米长的整板横卧室内，既当办公台，又作茶几。男子正襟危坐，桌上茶炉煮开，咕嘟咕嘟，水雾、茶香漫溢。他脸色黝黑，微笑时脸上皱纹波动，写满风云沧桑。我在脑海里搜索当年穿海军衫、英俊潇洒的李云生。我尽力回忆当年照片上的他，硬要与眼前的他反复比照。但时光荏苒，记忆早已模糊，混沌一片。

他招呼我坐下，将壶中茶水沥入小碗盅，端到我面前，让我品鉴，说："这是一款定制的红茶，宜兴产的。"

"谢谢。"我接过碗盏，抿一口，唇边漫溢出一股淡淡的兰香，馥郁芬芳。我夸奖道："嗯，味道甘醇，香气隽永。"

他顺手递上一枚名片。我抬眼一瞥："云瀚茶庄。主人：杰里。经营项目：品茶，就餐（一桌，预约），出售各类茶叶。"

"杰里，是你?! 我好像从没见过这个姓。"

"是的。我原名李云生，大半生漂泊海上，常与洋人打交道。

船上年轻人猎奇，效仿洋人各自取了一个洋名，相互调侃。杰里的里，取李的谐音。"

"你的茶庄取名挺有内涵的，你更像个文化人。云瀚茶庄：云，取你名字中的云字；瀚，与大海有关。包厢的取名也别有趣味，都与云、水有关。"

"过奖，过奖。纯属装点斯文，附庸风雅。我初中毕业，文化层次低。幸亏船老大喜爱读书，每次上船他都带上一箩筐书刊。空闲寂寞时，船员都向他借阅。在海上这些年，我阅读了不少的经典名著。"

"怎么想到开茶庄？"

"唉。几十年待船上，与茫茫大海为伴，养成了独处的癖好，不爱与人交往，喜独享孤独、寂静。退休后，曾一人驱车在山里转悠。车到此处，为眼前风景感染，一种人生从未有过的体验袭来，顿觉眼前敞亮通明，胸襟大开，仿佛人生最佳的归宿便是这里。于是倾尽积攒的闲钱，建造云瀚茶庄。"

唐主任过来找我，喊我去包厢喝茶。我将他介绍给杰里，说："这是唐福泉，原寺北乡供销社的主任。"

杰里听后，愣着神，久久注视着他，随后惊讶地喊着："认识、认识，唐主任！我们曾见过几面。你只是发胖，脸相轮廓变化不大，那时我前妻苏晓晴还在你手下工作。"

"哦，哦。"唐主任支支吾吾，立在原地，抓耳挠腮，露出尴尬的神情。

杰里上前，热情与唐主任握手，邀他入座，并斟他一盅茶。彼此的心一下子贴近，三人热络寒暄起来。我提出让杰里介绍海上风光、海员生涯。

他脸色平静，慢条斯理，娓娓道来："常人眼里，海员是一个神圣、浪漫的职业。实际却并非如此，个中冷暖甘苦，只有亲历者自知。早些时候，我爷爷在上海码头做搬运工。他力气惊人，干活卖力，被老板看中，做了码头的小头头。那年海船招工，爷爷托关系安排父亲去船上当了海员。父亲漂洋结束，总是抱着一大堆洋货回家，有奶粉、镜子、小刀、塑料玩具、的确良衬衫，还有饼干、糖果等等。父亲难得回家，我特别兴奋、激动。我从未见过海，对大海充满向往，揪住父亲，要他讲述大海的故事。他板着脸，一声不吭。我死命纠缠他。他语气凝重地说：'船上枯燥，乏味。没你想象的好。'我问他：'大海有海鸥吗？可以海钓吗？'他说：'是有。但这些能当饭吃？'

"父亲不在家的时候，我向母亲表露，自己长大后要去船上，像父亲那样做一名海员。母亲听后，眉头紧锁，脸色沉重，为难。我猜测，她心里苦。父亲不在家的日子，她一个女子撑着一片天，家里的重活、累活一人独挡。队里分粮分谷，肉猪长大后出售，她都得央人帮忙。她遍尝家中没男劳力的苦，她想留住我，日后可帮衬她。

"母亲聪慧、玲珑。日后，她渐渐悟出，要是我一辈子蹲在村里，死守田角，注定没多大的出息。

"那晚，夜已深沉。母亲还在和父亲叙聊，探讨我日后的人生道路。母亲对父亲讲：'看在铜钿银子的分上，还是让云生去船上吧?'

"父亲说：'船上苦，他还小，身子骨嫩。过些年再说吧。'

"其实，我明白，父亲也不情愿让我当海员。

"似乎，这样的情景历经了多次。

"我18岁那年，父亲55岁。他终于痛下决心，让我去顶替。他拿着医院的证明，向公司提出病退。好在公司领导开明，同意了父亲的请求。我工作的那艘货轮，洋名叫那喀索斯号。那喀索斯是希腊神话中的一位美少年，他死后化作水仙花，所以货轮的中文名叫水仙花号。

"揣着对大海的期待，我踏上水仙花号货轮，开启茫茫的大海人生。第一次出航，我双手抱胸，站在甲板极目远眺，貌似一位伟人在俯视天下、指点江山……巨轮在海天之间犁过，日月与云霞悬挂天幕，海鸥、浪花从船旁掠过，我的心胸涌出劈波斩浪足履天涯的豪情。我骄傲、自豪，我终于梦想成真，成为一名光荣的海员!

"海轮驶出港口不久，海风大作，船体上下剧烈跳动，左右恣意癫狂。庞大的船躯在无际的海面上犹如一枚树叶，任由狂风蹂躏、摧残。我开始头晕、恶心、反胃。父亲要好的兄弟将一只洋铁桶扔到我脚下。哗啦、哗啦，我朝桶里狂泻，不停地吐，不停地呕，肠子痉挛，吐得涕泪满面。早餐的油条、米粥统统呕入桶内。肚子、肠子被掏得空空荡荡。可，还是吐，到最后吐出的尽是黄水……痛苦的瞬间，我的面前浮现父亲那张痛楚的脸庞。我眼前的痛苦，父亲一定经历过、体验过。此时父亲和母亲一定在念叨我，为我祈祷：保佑他们的儿子挺过难关！断断续续，我呕吐了三天三夜……船上吃的是罐头食品、饼干、海鱼，我盼望吃到新鲜的蔬菜……独自待在船舱，犹如关在一只庞大的集装箱内，无边的孤独、空虚、寂寞、伤心漫溲心间，却没有倾诉的对象……首次航海归家，发现奶奶已离开人世，她的坟头已是芳草萋萋……"

我凝望着杰里，他的眼里噙着泪花。背后墙上挂着一幅书法作品，一个斗大的"禅"字，由本地的书法家书写，笔画刚劲雄健，整个字内敛敦厚。我顿时明悟，只有历尽千难万苦的人，才会真正喜欢上眼前的这个禅字！

我从茶庄买了两斤茶叶，一款宜兴红茶，一款碎银子。杰里很感激，不停说道："谢谢，谢谢。欢迎下次再来。"临别时，我与杰里互加微信、手机号。

7

随后的日子，我和杰里天天互发微信，道早安，致祝福。朋友圈读到有价值的文字，彼此推介传递，奇文共赏析。两人身在异处，彼此却息息相通。时隔不久，两个陌生人仿佛已成为人生的挚友、彼此生命里长驻的故人。

那次我向他发微信，说要去购买茶叶。他马上回信息，说他在茶庄恭候，欢迎光临。

一壶碎银子已煮开，办公室充溢着浓郁的糯米香味。见面彼此嘘寒问暖，客套一番，随后的聊天显得轻松自在。我很随意地问起他妻子苏晓晴的情况。谈起他妻子，他皱着眉头，微微一怔，随后缓缓向我述说那些囤在心底半辈子的秘密。

"船上的苦，莫过于相思。我的前妻苏晓晴，长得美丽，温柔、大方。我们结婚不久，船上便通知出航。新婚宴尔，执手无语，相拥泪别，那滋味实在不好受。我身在船上，心系伊处。夜夜做梦，梦里与她相会。梦醒之后，咀嚼、回味梦中一点一滴，了却相思。度日如年啊……上船后，我学会了抽烟、酗酒，借酒消愁。那时我才二十多岁，男人的欲望特别强烈。憋不住时，只得用手解决。到了港口，男人上岸的第一件事，就是涌入风月场所，纵情发泄。

"那次，回家的第三天，我感觉下身难过，瘙痒、疼痛。过两天，她的身体也感觉不适，与我有类似的症状。两人便偷偷去一家偏僻的诊所治疗。诊断结果，染上性病。我们开始吃药，打点滴，整整医治一周。我心里万分懊悔，痛恨不已。深深的负罪感，让我在她面前抬不起头。晚上，我向她坦白，向她认错，请她宽恕。她的脸上挂满泪花。她也将自己长长的寂寞、无聊、思念之苦一一倾诉。夜里，她独守空房，老鼠窸窸窣窣，上蹿下跳，她紧张恐慌。黄梅天时，有蛇虫百脚游入室内，她吓得哇哇乱叫。雷电交加的夜晚，她常抱着枕头，开着电视机，整夜无眠……最后她说：'只要你的心还在乎我，我原谅你。'她的意思仿佛在说，肉体可以出轨，但灵魂不许出轨。听她一席话，我的泪水如泉涌出。我内心感激她、感谢她，感激她的大度，感谢她的理解、宽容。

"以后回家，我发现她的生活态度有了很大的变化，我隐隐觉得她似乎不在乎男女之事。她在广播站，人更加清闲。她开始自学英语，学习的韧劲、刻苦劲超乎想象，发疯一般。我问她原因，她告诉我，她想出国。她的许多同学都上了大学，在都市工作，他们都拥有自己的事业和前途，生活过得自在自洽。她错过上大学的机遇，她发誓要弥补遗憾。她设想去美国，边打工边读书，争取念大学。我听后感到意外、震惊。我列出种种理由，泼她冷水；摆出种种困难，试图阻挠她。她似乎心念已定，像一条犟牛无法牵她回头。

"她终于去了美国。当时海员尽管工资高，但几十万元的出国费用，是一个巨大的数字。钻了当时管理松弛的空子，我悄悄从国外捎些紧俏商品回来，卖给熟人赚些差价，加上以前的积蓄，才凑足出国的费用。

"她到美国后，先去一所语言学校上课，课余打几份工。两年后她立住脚跟，考上内华达州立大学的教育专业。她去美国伊始，我们常有书信往来，信中她一直感激我，说，等赚够了钱，一定将出国的费用还我。我告诉她：'钱是身外之物，区区小事，不足挂齿。只要你过得好，我心甘情愿……'以后我们的联系越来越少，情感也渐行渐远……"

我问他："出国前，她有心上人?"

"好像有。有次她在吹奏铜片，我问她吹的是什么。她不经意中透露，那是一个男生赠她的礼物……"

『三仙』的孙女们

1

清芬驾着蓝色的宝来汽车，行驶在上班途中。天空飘着小雨。都说春雨细如针。可这雨比针还细，细到看不清它的身形，只望见它的姿势——一笼一笼的烟雾。老化的雨刮器在机械地跳舞，夸嗒夸嗒的聒噪声，惹她心烦。她不喜欢眼下的节气，老天总板着脸，水漉漉，凛气逼人。

车子驶过菜场。马路旁摆着几个鱼摊，空气里漫漶出缕缕腥味。清芬用手纸捂住鼻子。这气味，她讨厌！迎面缓缓驶来一辆洒水车，循环播放着《兰花草》的乐曲，水管给汽车玻璃添上斑斑麻麻的水痕。她心里咕嘟一句："见鬼，雨天还洒水！"

过了红绿灯，右边就是学校。马路上，白漆新刷出几道交通标记，清晰醒目，直行的车道夹在两个左转弯车道中间。车子缓缓驶入直行车道，左转车道内矗立着一个个庞然大物——载着集装箱的大型货车，仿佛筑起两道高墙，车子陷在其间，感觉好像走在老街狭窄的弄堂里，阴森森，暗沉沉，透不转气。

清芬心悸悸，神思恍惚。昨夜她睡得不香。晚上十二点，她已入睡，手机声将她闹醒。是家长打来的，说她家小孩下午去学校报到，至今还没回家……迷迷糊糊又入了梦，突然，嘭一声，被惊醒。丈夫上卫生间，将马桶盖不慎撞落，发出清脆的撞击声……进了校门右转，向前七八米，她将车子停入车库。哧啦啦，一阵刺耳的长音从车外传来。她紧急刹车，下车扫视车身。原来倒车角度偏了方向，车子左侧被水泥柱子蹭剐，留下几道深深浅浅的抓痕，像被猫爪挠过似的……

薛清芬今年四十岁，是寺北小学的校长，去年刚从副校长擢升为一把手。今天是开学第一天。午饭后，她斜躺在沙发上，合目养神。没几分钟，传出了轻微的呼噜声。

笃、笃、笃，叩门声轻缓而有节奏。清芬被敲醒，站起身，抻一抻衣角，捋捋头发，随口说道：“谁啊？来了！”

进来的是一位妇女，四十岁左右，短发，方中带圆的脸，穿淡蓝色的羽绒衣，上青的绒裤。清芬觉得面熟又陌生，一时却记不起来。清芬给来人沏了一杯热水，示意她坐下，自己端坐到办公椅。

女人显得腼腆，说话不利落，自我介绍叫席庆红，是本校教务主任唐浩光的妻子。说及唐浩光，清芬恍然想起，好些年前在饭馆曾与她照过面。当时还是教务处干事的唐浩光，邀请学校中层以上领导参加他女儿的百日宴……多年不见，她似乎老了许多，面色苍白，神情憔悴，眼梢的鱼尾纹隐约可见，眼中还透着血丝。

席庆红是来告状的，说丈夫唐浩光整个寒假像从人间蒸发，不见踪影，连除夕夜都没回。平时，他施行冷暴力，对她冷若冰霜。他拽着漫身的戾气，在家里进进出出，从不吭一声，视她和女儿如空气。不，连空气都不如！

唐浩光的弟媳生下儿子后，重男轻女的婆婆，说话行事便处处袒护弟弟家。席庆红内心不平、委屈，两人产生龃龉。婆婆常在丈夫面前数落她、贬损她。丈夫听后不分青红皂白，将一切归咎于妻子，叱骂她不地道、不孝顺、素质低。女儿上了小学，学习成绩差。大男子主义的他，指责遗传了她的基因，怪她教育无方。两人争吵不断。次数多了，关系疏远，情感产生隔阂。

席庆红向清芬诉说，唐浩光时常酗酒、玩牌，出入卡拉 OK、舞厅，深更半夜回家，一人独睡沙发……她埋怨，他婚前一贫如洗，现在条件转好，翅膀长硬，就鄙视她，真是瞎子睁了眼，急着将拐杖扔掉……

席庆红抹着泪水，啜泣着。清芬耐心劝说、开导她，并承诺与唐浩光好好谈谈，沟通沟通。

席庆红怏怏不乐，步出校长室。

清芬怔坐着，托着下腮，陷入沉思。作为女人，同是弱者，她十分同情她的处境和遭遇。对唐浩光的所作所为，以前有所耳闻，但今日听来，还是感到惊怵，内心噌噌闪出火苗……她想马上唤他来，斥教一通。但夫妻间的那些事能说清楚，能断个是非黑白？想想自己家里的那位，也时常与她作、冷战。唉……

下午五点半，清芬驾车回家。出校门不远，手机骤响，是学校保安的。电话中说，两位家长在校园里大打出手。挂上手机，立马掉头，赶回学校。

打架的是两个女子，一个高大，一个矮小。她们的小孩在同一个班级。其中矮小的那位，是高个子女人老公的情妇。今日情敌相见，分外眼红。先是耸眉瞪眼，恶言咒语；随后撒泼，动粗，互相抓脸，扯衣服拽头发，厮打一起……

2

清芬接到教育局通知，被安排参加省教育学院举办的校长培训班，为期一周。见了通知，她眉头紧蹙，面呈厌烦的神情，心里埋怨：才开学，工作千头万绪，哪里脱得开身？但转而细想，离开谁，地球就不转？不如趁此机会，自个逍遥几天，落个清静。再说，两个好闺密在省城工作，今年春节没回，正好找机会聚聚，叙叙旧，畅说畅说心事。

礼拜一，天光微明。清芬拖着拉杆箱，踏上了北去的高铁，赶赴省城。

高铁车厢分外整洁、干净，照明灯映照在雪白的座套上，空间显得明亮、轩敞。清芬喜欢这样的环境，坐着，神经一下子松弛……车厢有节奏的振动像吹奏的摇篮曲，睡意渐渐袭来，她合上眼，迷瞪起来。过了三个站点，她睁眼醒来。短暂的回笼觉，使她精神一振、眼目清亮。

倚窗远望车外景物，眼前飞过村庄、农田、树木，还有一排排整齐的楼屋，思维渐渐抻向远处……她的丈夫叫张振南，她与他是自由恋爱。那时他中专毕业，长得高挑、洒脱。挺拔的鼻梁架着一副金丝眼镜；幽蓝的眼睛里，透出成熟男子特殊的魅力。当时的他，担任寺北镇团委书记，她呢，除了执教语文，还兼任校的团支部书记。因工作关系两人相识，逐渐相知，最后相爱，步入婚姻殿堂。婚后他们相爱互敬，相濡以沫。早晨他骑自行车送她去上班，下班后在校门口迎候她，一齐去菜场买菜。回到家共进厨房，一个上灶，一个下手。晚饭后，常去散步。假日，去远方旅行。对世间人事，彼此有共情心同理心，甚至看电视电影时，有相同的泪点、笑点……

全民经商大潮如火如荼。二十世纪八十年代掀起第一轮、第二轮，到九十年代是第三轮。他的舅舅，是本地一家房产公司的老总。公司不断开疆辟场，生意日渐兴隆。一时公司缺人手，舅舅撺掇他来自己公司发展。清芬竭力反对。他却欣欣然，像打了鸡血般兴奋，横了心要去。最后他辞去公职，下海经商，担任公司的销售经理。

去公司的第一年，丈夫获得好几万的年薪。这对原先年收入只有几千元的他们，简直是时来运转、财运高照。不久，他们在本地购买了一套120平方米的商品房，她成为全校首个住上商品房的老师。生活富裕，日子优渥舒坦。在四周啧啧的称赞和羡慕的眼光里，她似乎感到前所未有的荣耀和光彩。

丈夫工作的变动，打破了昔日的温馨和宁静。他像换了人，每天西装革履、风度翩翩，忙于交际应酬，频频出入于高级饭店、歌厅、舞厅，深夜酒气熏天回家。他隔三岔五去外地，拉客户谈项目，她呢，却孑身一人，独守空房……

生下女儿那年，她隐约感觉，他对她少了兴趣和热情，彼此渐渐疏远陌生。她有一种不祥的预感，彼此感情出现了危机。直到有一天，她发觉自己下身不适，瘙痒难过。去医院检查，医生告知她染上性病。情急之下，她询问医生患病的原因。医生面含鄙夷的神色，淡然地回答：由不洁的性事所致。闻后，她如五雷轰顶，脑中一片空白……

初中时，清芬特别喜欢英语，英语成绩一直位列班级第一。中考揭晓，她总分为618分，可选择上重点高中，或上中师。全家商量填报志愿时，她打算读高中，今后上高校读外语专业。奶奶在一旁问学了外语是否要和洋人接触。父亲回答，可能要。于是奶奶坚决反对。理由很独特，不知奶奶从哪里获知，洋人患一种疾病，叫艾滋病，是不治之症，她害怕孙女染上。当时艾滋病在国内传播，呈蔓延之势，人们谈"艾"色变。父母觉得奶奶的反对有理，都支持清芬上中师，日后当教师……

丈夫出轨，清芬如被当头一棒，精神支柱訇然倒塌，仿佛世界末日来临。她感到悲伤、耻辱、愤慨……少女时常做的噩梦又在梦里出现：她被几个流氓拽住，拖到无人处，衣服扒光……她一把火将两人的照相册烧掉，将墙上的结婚照摔在地上，镜框粉碎一地……她已出离愤怒，决计要与他分离。他痛哭流涕向她道歉，乞求给他改正错误的机会，以后一定好好做人。她父母不主张离异，苦口婆心劝导她，女儿还小，夫妻离异伤害最深的是孩子。让她冷静一段时间，再做决定。公公婆婆当着她父母的面，下跪在地，乞求她成全家庭……她心一软，答应不离。一段时间，他变得勤谨起来，承揽家中所有家务，买、汰、烧，接送女儿，辅导作业。但她有洁癖，床上一想起那事，就心生厌恶，无法全身心对他好，于是对他忽冷忽热、时好时坏……

自从当上学校领导，她工作骤然忙碌，公务缠身一时难以顾及家务。他却有了埋怨，时不时数落，甚至闹脾气，与她作对……她外出应酬，晚回家时他总会频频去电话，询问她和谁在一起，催促她归家。要是获知有男士在场，他便起嫉妒心，醋劲大发。这令她头疼、心烦。近来，他对她外出应酬，出奇冷漠，不闻不问，一副事不关己、高高挂起的模样。她又感觉难受，心里茫然若失……

3

清芬的两个闺密，一个叫杨冰，是省中医院的医生，一个是沈音韵，经营一家文化公司。小时候她们吃住一条街，一同上学，一起玩耍，形影不离。清芬的奶奶叫陆凤仙，杨冰的奶奶叫何菊仙，沈音韵的奶奶叫蒋文仙，在寺北街被谑称为"三仙"。至今坊间还传诵她们年轻时的辉煌。陆凤仙开着米行，拥有自己的码头，运粮船；何菊仙经销布匹，几乎囊括本地布匹生意；蒋文仙以收购蚕茧，开茧行出名。她们叱咤风云，呼风唤雨；个个顶天立地，巾帼不让须眉，让街上的男子折腰汗颜。人们一提起"三仙"大名，变脸失色；路上遇见"三仙"，都得退避让道，行注目礼。

清芬童年时，奶奶们年事已高。夏季的傍晚，落日余晖，寺北街沉醉在习习凉风中。"三仙"聚在砖场，蹲坐于小方桌前，跷着二郎腿，泅着老酒，猜拳划令，时而高谈阔论，时而开怀大笑……如此这般，犹如靓丽的风景，让行人驻足观望。她和杨冰、沈音韵三个女孩，躲在奶奶身后，盯看着桌上的炒鸡蛋、红烧猪头肉、酱爆螺蛳、雪菜烧鲫鱼，嘴边淌着涎水。不时，老人用筷子搛些荤菜，塞入她们口中，虎着脸，说："来来来，杀杀馋虫。吃了，赶快玩去！"

小学六年级的礼拜天，杨冰、沈音韵来清芬家玩。她取出苹果招待伙伴，刀削苹果时，不慎割破手指，滴着鲜血。沈音韵吮吸着清芬的手指，为她止血。突然，清芬灵感勃动，别出心裁，将手指的血涂抹在三人嘴唇。她们效仿古人，举行了一场"歃血为盟"的仪式。三人紧攥拳头，共同对天发誓：我们同是"三仙"的孙女，不论身在天南地北，无论发生何种变故，彼此心结一处，永不背叛；今生莫负"三仙"美誉，努力进取，事业有为……并按生日大小互认姐妹，沈音韵做大姐，杨冰为老二，清芬为三妹……

得知清芬要来省城，老大沈音韵出面做东，邀上杨冰，为三妹接风洗尘。时间定在当日晚上，地点设在秦淮湖畔的一家茶室——漫慢茶韵。傍晚五时，沈音韵风风火火赶到茶室。她边让服务员沏上一壶名贵的普洱老茶头，边从塑料袋里取出自备的巴旦木、腰果、提子干、巧克力等零食。

见清芬进门，沈音韵放下茶盏，立起身，拍手鼓掌，高唤："欢迎，欢迎，热烈欢迎，美女校长大驾光临！"

清芬显得不好意思，红着脸说："什么乱七八糟。还不赶快亲亲妹子。"

　　于是两人展开双臂，热烈拥抱。沈音韵捏捏清芬的脸蛋，说她瘦了，问她是否坚持锻炼，是否操劳过度？云云。

　　不一会，杨冰匆匆从医院赶来。见两人已在恭候，忙不迭地打招呼："不好意思，来晚了。下班高峰，路上堵。"

　　三姊妹久别重逢，彼此激情搂抱，嘘寒问暖。一时情绪高涨，气氛活跃。

　　漫慢茶韵，是沈音韵朋友的一处私人会所，枕河而筑，内设几个品茗雅室，另一个大包厢，可供用膳，装饰高贵典雅，屋子中央悬挂着中式实木吊灯，暖色调的壁上嵌着梅兰竹菊的中国画，墙隅的红木花架上摆放一只青瓷花瓶，斜插着几枝黄色的郁金香，绽放艳丽，缕缕幽香袭人。

　　沈音韵招呼两位，先品茶，再啜酒。

　　窗外夜幕降临，两岸华灯初上，霓虹闪烁。光影映照下的秦淮河泛出斑斓，仿佛是六朝金粉的馈遗。璀璨的彩舫凌波缓缓移动，凛风中传来横笛的悠扬声，胡琴的喑哑声，船上女子尖脆的歌喉……清芬和杨冰手握茶盏，凝望窗前美景，久久不肯收眼。沈音韵见状，用手指弹弹桌子，说："停止观赏，开席吃饭！早知你们钟情泛舟夜景，我该租条船，一同夜泊秦淮。"

　　沈音韵坐主位，清芬、杨冰坐两侧。偌大的旋转餐桌，仅三人落座，显得单调、冷清。几碟荤素搭配的冷菜围摆桌面，其中一道盐水鸭是该地名产，清芬最是喜欢。还没开席，她就用筷子夹上一条大腿，恣意啃咬起来。边吃，边赞不绝口："好吃、好吃，味道纯真、嫩滑、爽口。"

杨冰望着清芬馋猫似的吃相，露出坏笑，含嗔说道："你不愧是美食家。多少年过去了，还是脾性未改。以前与你同桌进餐，你总抢先动箸，最末一个搁筷。"

清芬却不含糊，向她俩坦陈心迹："每遇烦心事，我便去餐馆撮一顿，挑自己的最爱，大快朵颐。何以解忧，唯有美食！"

清芬继续述说，那年春节，杨冰和沈音韵回家过年，各人赠她两只盐水鸭，害得她整个寒假满嘴的盐水鸭味。说完，她哧哧笑起来。

沈音韵给各人斟上半杯红酒，高调宣布，晚宴正式开始。

4

沈音韵举杯向杨冰提议："为三妹的远道而来，更为她担任校长事业有成，一齐干杯。"

杨冰附和道："来，干杯！大姐说得对。我早说过，三妹骨子里有领导才干，是当干部的料。"

清芬一阵慌乱，赶忙阻拦道："这样说，太见外了。还是为我们三姐妹的久别重逢，干杯！"

　　啜完杯中红酒，各自动筷吃菜。杨冰边吃，边接上刚才的话题，往事重提：清芬考取中师后，提前二天去学校报到。她弄清学校洗澡、泡开水的时间后，便写在纸上，贴到宿舍墙壁，提醒寝室的同学。开学那天，校系领导、班主任前去宿舍看望同学。看望的队伍离去不久，班主任折回宿舍，询问纸条是谁写的。清芬如实承认。班主任颔首微笑。开学不久，清芬被任命为班级团支部书记……

　　听了杨冰的夸赞，清芬高兴不起来，脸上堆出沧桑，感喟道："我天生是劳碌命！这校长真不好当，感觉天天在受罪。当了校长，就像做了灰孙子，在各级官员面前，在教师面前，在家长面前，甚至在学生面前，都得笑脸相迎。每天把自己最好的一面留给外人，将疲惫的身心和焦虑带回家中……因乡镇合并，学校所在乡镇被撤销，镇政府设在另一个乡镇。拆迁安居房、商品房都规划在新的镇政府周围，居民纷纷向那里迁移，校园边人气冷落，学生流失严重，学额不断缩减；新教师不愿来，优秀教师留不住；教育质量持续下降，教育陷入恶性循环。生源学习基础差，行为习惯差，迟到、早退、逃学、早恋、打架，几乎天天发生。我一个弱女子，纵有三头六臂，也招架不过来啊……其实当初家里都不支持我当校长，我是被赶鸭子上架。唉，当了校长，自觉罪该万死！"

　　清芬说着，唉声叹气，一副伤感的样子。杨冰见状，忙岔开话题，让沈音韵聊聊公司近况。

说及她的公司，沈音韵一脸云淡风轻，若无其事说道："公司一年赚几十万没问题。只是我们的产品科技含量低，缺少市场竞争力，生意愈发难做。好在我对钱的欲望不是很大。我一人吃饱，全家不饿，日子逍遥自在。我一直认为，做生意得心态端平，钱是大家赚的，钱也是赚不完的。"

多年的商场修行，沈音韵被打磨得如此通透、豁达，这让清芬刮目相看，心生钦佩。沈音韵原来在一家小报工作，是报社的头牌记者，恋爱对象是报社的同事，两人薪酬微薄，买不起婚房。她鼓励男友下海，经商开公司。但男友谨小慎微，患得患失，两人意见不合，最后闹掰，拜拜，各奔前程。孰料，这反而刺激出她对经商的热望和狂热。辞职前，她曾征求清芬和杨冰的意见。她们都一致反对，劝阻她，让她别一时冲动，不要为钞票掉进坑，沾染满身铜臭，弄得人不人鬼不鬼的。可她喜欢标新立异，好逆向思维，悖逆行事。别人越劝，她却越自信。最终她破釜沉舟，辞去公职，义无反顾创建自己的公司。她曾揶揄两位妹妹："你们身上早没了'三仙'的秉性，读书读坏脱脑子哉！"

杨冰睁大双眼，默默地注视沈音韵，发现她变了，青春的躁动与喧哗已经洗净，身上徐徐流淌出一股静气。她暗自诧异，以调侃的语气问："大姐，是何种魔法改变了你？肯定有男朋友了！世上唯有恋爱，或许能催化你、改变你。"

沈音韵对杨冰白上一眼，用讥讽的语气说道："算你有良心，还惦念着大姐的婚事。以前曾交往几个男人，都不入我法眼。眼下我已习惯独往独来、天马行空的日子。"

杨冰半是体贴，半是劝说道："姐也老大不小的了，不要再挑剔，找一个诚心实意爱你的男人，结婚，好好过日子!"

沈音韵莞尔一笑，说："唉! 你说得在理。道理人人都懂，可这些年闯荡江湖，商海沉浮，阅男人无数，我似乎练就了一双火眼金睛，只要与他们接触几次，彼此喝个茶，或吃个饭，便能直抵他们的灵魂深处。有个富二代，交往伊始彼此蛮谈得来。有一次在咖啡店，服务生不小心将咖啡泼到他的西服上，他立地怒目圆睁，口吐脏话。女老板见状前来道歉，他见她一身名牌、气质高雅，陡地就变了嘴脸，笑意盈盈与她聊起天来……曾接触过政府部门的一位小官员，我观察他两次接听电话，便知道他不是良善之辈，立马跟他拜拜。一个电话是他农村的父亲打来的，刚接电话时，他应付着，哼哼哈哈，态度还温和，但听到父亲要让他办事，语气语调立马显得不耐烦，甚至生硬傲慢。父亲的话还没说完，他直接挂了手机。另一个电话是上司来的。他接电话时满脸堆笑，唯唯诺诺，一副谄媚的样子，简直令人作呕……还有更奇葩的，一位大学的副教授，眉清目秀，戴着金丝眼镜，儒雅倜傥。交往数月发现，他已有妻儿，是打着恋爱的幌子，在外寻花问柳……我接触过诸多的公务员、企业家、律师等等。初识时，他们光鲜亮丽，衣冠楚楚，温文尔雅。但深入交往后发现，他们歇斯底里都很渣，活脱脱的渣男，像一堆烂苹果，你从中取出一枚，发现其腐烂霉变的一面，便索然无味，食欲殆尽……我不再渴望婚姻的伴侣，只是尝试寻找一种理想的契洽关系，彼此有类似的认知、观念、行为习惯，能在同一个频道说说话，能和与自己有相同灵魂的人对话交流……"

沈音韵说话时，门外缓缓步入一年轻女子，浓妆艳抹，身着花格子旗袍，怀揣吉他，说要为她们献歌，每曲 10 元。清芬和杨冰不住摇头，婉言谢绝。沈音韵却饶有兴趣，掏出几张毛票，坚持让她弹唱。沈音韵点了两首，都是邓丽君演唱的，一首《云河》，一首《在水一方》。

清芬心里淌过一阵暖流，大姐的心思缜密、情商高，所点曲子都是清芬心爱的。

弹唱的女子音质甜美，唱声不乏邓丽君的柔情韵味。清芬一时听得入迷，动了情，泪花闪烁。女子唱完，步出包厢。她感慨道："唉，长久不听，今日听来，确实如此走心，仿佛又回到那些青涩的时光。"她回忆，刚踏上工作岗位，她们仨都醉心于流行歌曲。相约见面时，或是一起吟唱，或是谛听欣赏。有一次，三人聚在咖啡屋，竟认真探讨起邓丽君的歌唱艺术。杨冰赞叹邓丽君歌声中的清纯、甜美、圆润；沈音韵列举几首邓丽君歌曲，阐释她演唱时发出的颤音，情思缠绵、寸肠欲断；清芬则对邓丽君歌喉中的转弯艺术饶有兴致，唱到情深处声音仿佛会转弯，像缕缕炊烟随清风在空中打转飘逸，余音袅袅……那次她们好像在举行一场邓丽君演唱艺术的研讨会。

酒至一半，沈音韵的手机响了。看清来电号码，她赶忙跑到室外接听……回到包厢，她满含歉意对她们说："不巧，不巧，遇上棘手的事，我得马上赶去处理。不好意思，失陪了，你俩慢慢喝，单已买过，结束后直接走人。"

清芬、杨冰站起身，护送沈音韵至门口。三人依依不舍道别，相约再聚。

5

清芬和杨冰碰杯，将杯中的红酒干完。清芬将座椅挪到杨冰身旁，让彼此贴得更近，细声柔语，继续唠嗑。

清芬与丈夫间的事，杨冰略知大概，便随口问道："最近和家里那位关系如何？"

清芬脱口说道："好不到哪里，也差不到哪里，凑合着过吧。"

杨冰的脸上不经意中透出一丝忧伤，淡淡地说："唉，人生已过了卿卿我我的岁月。或许，日子寻常平淡，甚至侘寂孤独，才是生活的本真。旁人羡慕我，夸我幸福，说我们夫妻从不反目，融融洽洽，风风光光。但夫妻间的情感，犹如水中的鸭子，冷暖自知。"

　　清芬对她的情况十分清楚。杨冰丈夫叫冯志新，比她小三岁，曾与她外婆同住一个村。小时候她去外婆家，他总是屁颠屁颠围着她转，嘴里姐姐姐姐唤叫个不停。后来他读了省供销学校，毕业后留在省城，进了一家保险公司工作。他从小依恋她。工作后，面对一身白大褂白净端庄的她，他动了春心，起了爱意。他找来一堆烹饪书，认真研读，苦练厨艺。一有空往杨冰处跑，说是去蹭饭，其实他自备菜肴，亲自掌勺，与她分享美食，博她开心欢喜。一来二去，她动了芳心，真爱上他，闹起姐弟恋。杨冰奶奶何菊仙尤其喜欢冯志新，常夸赞未来的孙女婿。说他长得方面大耳，有福相；人老实本分，孙女比他大三岁，女大三，抱金砖。云云。一年后，他们告别单身，完婚成家，小日子过得红红火火。

　　清芬盯看着杨冰，似乎嗅出了别样的味道，伸手去摸摸她的前额，惊讶地问："怎么，发烧啦？你可一直是我们生活的标杆啊！"

　　酒精催化，杨冰的面色显得绯红，情绪激动兴奋。一向矜持的她，话语突然密起来，毫无遮瞒地讲述自己的事。

　　结婚不久，杨冰便有了难言之隐。行男女之事时，她下体疼痛难忍，浑身不适。每次行事之后，得痛苦数天。作为医生，她清楚自己患了性冷淡。她一度紧张、恐惧。后来她尝试对他上课，苦口婆心像哄孩子，给他汱脑筋讲道理，说，在床上得节制，每个礼拜只能一次。次数多了，阳气元气会流失殆尽，会折寿、短命。一年后，她有了孩子，对那事索然无味，便对他提出更苛刻的要求，限他一月一次……她是医生，又言之凿凿，似乎没有不信的理由，年轻的他言听计从。

有一年冯志新的同学来找他，商量合伙开公司，做医疗器械买卖。杨冰获知，非但没反对，反而支持他、力挺他。她清楚，随着国门放开，国外高端医疗器械将不断涌入国内，生意前景可观。更何况，她有自己的小算盘，丈夫一旦忙碌生意，可分散注意力，少关注男女之事……不几年，丈夫腰缠万贯，成为著名的企业家、市政协委员；她也通过自己的努力擢升为主任医师，被选为市人大代表。他们光环满身，熠熠生辉，成为众人歆慕的对象……日子平淡，岁月宁静，背后却是暗流涌动。凭着女人的直觉，她察觉出丈夫种种可疑。他几乎不再向她索要床笫之事。彼此交谈，他心不在焉，神思恍惚。闻见手机响，他神色慌张，鬼鬼祟祟跑去卫生间接听，或捂着手机像蚊子一样发声。他深夜未归，她去电话询问，他答话吞吞吐吐，语焉不详。甚至几次在他衬衣上，她闻到了女人的香水味……她做着种种猜测与推论，答案似乎只有一个，他外面有了女人！得出结论时，她倒抽一口冷气，神情紧张恐惧，恓恓惶惶。她想搜寻实证，当面揭穿他；或跟踪他，抓他现行。但后果呢，肯定是撕破脸，吵闹，最后上法院，离婚……要是离婚，这些年来她为孩子、为家庭付出的所有努力和代价，还有婚姻的大厦、个人的光环，一切都将灰飞烟灭……长久的痛苦思索，无数次内心拷问，最后她痛苦地选择隐忍不发，与他斡旋。她放下身段，小鸟依人，待他和颜悦色，与他和睦相处。她循循善诱，列举身边家庭破裂的例子，陈述离婚的后果：或两败俱伤，或家毁财亡。她不时旁敲侧击，敲山震虎，提醒他保持家庭平衡的重要性、维护各自颜面的必要性……丈夫似乎领悟了妻子的深明大义，终于没有做出出格的事。而今他们的生活，仿佛在一团云雾之中……

杨冰将藏掖长久的心事，悉数倾倒而出。叙述完毕，她仿佛一下子显得轻松、坦然，只是触及灵魂深处动了真情，她的眼里噙满泪花……

晚上十点，清芬右手搭在杨冰的肩上，杨冰左手搂着清芬的腰，两人摇摇晃晃，步出漫慢茶韵茶室……四周华灯依然，霓虹恍惚，熙攘的人群渐行渐稀，市井的热闹和喧嘈，正悄然消逝……

文曲星遭遇天狗星

1

初中同学文昊用微信发我一个中篇小说，题名《孔雀东南飞》，说是他的近作，公开发表在一家省级期刊，请我指正。见到微信，震惊、突兀，掺杂着一抹妒意涌上心头。

回信时，我发他三个大拇指表情，并附言道："恭贺你，一颗冉冉升起的文坛新星！眼下手头正忙，待晚上有闲时，细细拜读。"

搁下手机，脑海中闪现两年前的一次聚会。文昊来电告知，他邀约几位友人于周末小酌，请我赏脸参加。我嘴上哼哼哈哈想婉辞，但面对电话中的盛情热情，实在难以推却，加上彼此久时未见——我平素视同学情为一种亲情、一种乡情，同学见面交流，是一种精神的治愈，是对乡愁的释放——于是我应诺前往。聚会设在某商品房小区的一楼，七转八拐，费了好大周折才找到。这里原先是一套 140 平方米的住宅，主人将它装潢成会所，用于迎宾宴客。环境僻静，装饰精致，颇有文人情调，内设茗茶室、棋牌室、卡拉 OK 室等。客厅轩敞亮堂，中间安放旋转餐桌，可容纳十五人就餐。酒席上，除了两位是我俩的初中同学，其他都是文昊的发烧文友。我与文昊比邻而坐。觥筹交错，几杯落肚，他的两颊由黝黑变成赤酱，神情变得激动，话也唠烦起来。他不停向我炫耀：正潜心文学创作，已有多篇散文见诸报纸刊物……我擦亮眼睛盯着他那熟识又陌生的脸孔。受他的自我和惬意影响，我热腾腾地捧上一大堆喝彩和奉顺的赞辞……事后猜想，他大概生意发达生活富足，开始附庸风雅，装点斯文。想想也对，人是物质和精神的两栖动物，物质需求一旦满足，就会滋生精神的欲望，就像当下离开土地转为新市民的村民，跳起广场舞，住进农家乐。至于他的文字水平，我内心颇为怀疑，一个中职毕业生，学的是电脑专业，究竟对文学有多大的能耐和造化？那次聚会后，他时不时将他的作品转发我，请我"斧正"。每每如此，我心底涌出一种体面的虚荣心，人飘飘然，存在感满满。初中时，我的语文成绩一直位居班级前列，习作常常被老师当范文在全班朗读；师范毕业后又一直执教中学语文，与文学不算隔行。他的大作让我点评，是对我的重视和肯定，也是炫示他的笔耕成果。但说实在话，他的文章我实在不敢苟同，思想浅显，文笔稚嫩，更扯不上什么写作技巧，类似于心灵鸡汤，或学生的习作。可碍于情面，也基于多年的情分，我总会在第一时间赏他一个激励的表情，有时跷一枚大拇指，有时发一个 OK，有时献上一束鲜花……

夜晚，我安下心来，细细拜读他的《孔雀东南飞》。小说描写了一位农村青年从励志奋发到最后遭遇挫败的故事。主人公高中毕业后外出打工，靠双手打拼，积攒了几十万元的钱财。有一天，他在网络发现，有许多的小贷公司，利息回报惊人。于是他做起了财富梦，试图通过钱生钱的快速通道，实现个人财富的快速膨胀。他将钱财全都投入网上"银行"。时隔数月，他投的那家"银行"突然从网络消失，对方手机无法接通，杳无音信。他血本无归……小说娓娓道来，写得从容淡定，生气饱满，细节丰沛；叙事巧妙，诸多环节步步紧扣，张弛有度；文字鲜活生动，多少含着韵味……他的写作水平突飞猛进，令我刮目相看。我一边暗暗叫好，一边嘀咕生疑：作品真出自他之手？还是……小说的主人公曾当过宾馆服务员、工厂电焊工、房地产推销员、快递员，一路艰难坎坷，辛酸困顿。我边阅读，边与文昊的经历比照，从他们奋斗的轨迹里，似乎品出了人生的况味，也体味到小人物生存的艰难与悲壮，心里漫溢出对主人公及文昊的尊重、敬佩之情……

文昊是我迄今保持联系的少数同学之一。初中时我俩曾是同桌，初识时，他不入我眼。倒不是我鄙夷他的学习成绩，也不是他品行有什么瑕疵，只是我脾性急、性子躁，看不顺他生活中的慢镜头慢动作，遇事磨叽磨叽，动作拖泥带水。那时我是班里的小组长，他的作业本总是落在最后一个交。放学后打扫教室，让他去取水洒地。等了半天不见人影。我去找他，他竟在水龙头旁发呆。我向他吼："你磨蹭什么，想不想早点回家?!"他脸色尴尬，嗫嚅道："我渴了，喝口自来水解解渴，顺势擦把脸……"要是碰上老师拖课，他的慢动作让自己出尽洋相。上课的铃声已过，他满脸通红，气咻咻从厕所赶回课堂，教室内几十道目光齐刷刷地围剿他……可到学期末，我们的关系却出奇地融洽和谐，彼此成了知心好友，似乎两个脾性相反的人叠加在一起，催生出中和反应。

2

文昊打我电话，说受邀参加某杂志社的笔会，刚从北京归来。电话里他十分激动，也很嘚瑟。从他的语气语调里，我似乎听到了他炽烈的心跳和怦怦的脉动。他向我陈述会议的场景：与会者有四十多人，活动三天。首天，北京的四位文学大咖做文学讲座。休息时，他虔诚地捧上笔记本，请大咖们为他签名留念，拍照合影。隔日上午分组讨论，畅谈听课心得，交流创作得失。其间穿插一个小小的颁奖仪式，参会者的作品都为获奖作品，设一等奖和二等奖两个奖项。他的散文《煤油灯下的母亲》荣获二等奖。当日还游览了八达岭长城等景点。第三天参观了两个博物馆……北京归来，他将八张签名合影授奖的照片，发在微信朋友圈，猎获了诸多好友的点赞与好评。相片里，九月的京城，骄阳似火，蓝天白云。他笑容灿烂，神采奕奕。他的心情比京城的天空还蓝，热度一准超过当日首都的气温。

　　时隔不久，在省城工作的初中同学小李子联系我，告知不日将回老家出差。老同学远道而来，我当义不容辞热情接待。我安排碰面小聚，并邀上文昊陪同。同学相见，叙聊甚欢。聊得最多的，是年少时的种种荒唐，昔日同窗的情谊，班上同学的人生轨迹，等等。自然也扯到文学。说及文学，文昊喜形于色，侃侃而谈。说到北京的笔会，他更是眉飞色舞，感喟不已：这次笔会，不仅拓宽了文学的视域，提升了水准，还结识了一批文人墨客……其中有一位曾是本省的高官，在位时嗜好舞文弄墨，离休后操觚撰文。他满脸虔诚，神神秘秘与我说："高官人脉深广，在官场气场很大，能一言九鼎。你家公子在政府部门就职，要否与他递声招呼，以期日后擢升？"我赶忙摇头，态度坚决地回绝："不，不。谢谢老同学的盛情美意！犬子才疏学浅，何德何能沾享大领导的雨露？"我平素对孩子期望不大，只指望他能坚守本分，堂堂正正为人处事，尽职尽责，端牢体面的饭碗。我当时想，免费的馅饼，终将要付出更昂贵的代价。耳边仿佛响起茨威格的话，所有命运的馈赠，暗中都已标好了价格！我的态度，着实令他扫兴、失望。他嘴里嗯嗯哈哈，自找台阶下，但不悦与失落的神情溢于言表。

　　文昊还聊到新结识的另一位"大人物"。他是文学界的前辈、散文界的权威、"××散文奖"的评委之一。他鼓励文昊将撰写的散文结集出版，以待参评下一届"××散文奖"，并承诺愿意为他疏通其他评委……"××散文奖"的含金量，我知道。它是全国散文奖中的最高奖项，文学圈内不知有多少人梦寐以求，想获此殊荣。我隐约觉得，眼下的文昊正野心勃勃，内心日益膨胀。我语气温和、好言好语相劝："不能操之过急，得慢慢来。大凡艺术家都得远离喧嚣和浮躁，耐得住孤独和寂寞；任何艺术都是文火慢煨，慢工出细活；急火攻心，操之过急，是艺术的大忌。"我又说，"文坛就是一个江湖，文艺界的水向来很深，深不可测；你涉足未深，须谨慎行事，小心驶得万年船……"我自觉说话不合时宜，仿佛迎头泼他一盆冷水。此刻的他不吭声，乜斜着眼望我，脸上闪过一丝荫翳……为打破眼前窘境，我岔开话题，询问他公司的经营现状。不知为啥，他绷着紧脸，仅用寥寥的三个字敷衍："还可以！"还可以是什么意思？我捉摸不透。见他避开我的话头，我只得默默将到了嘴边的话原封不动地咽回肚。本来我想善意提醒：经营生意是他的主业，是生活的支撑；有了经济做压舱石，文学才有所附丽，才能结出绚烂的花朵。

3

　　不久，我发现手机中多了一个文曲星的微信号。查阅过往的交流信息，不难发现微信号是文昊的。他将微信名改成文曲星，我内心不能平静，皱眉蹙额之余，不得不重新对他打量和审视：以前那个质朴平实、谦卑低调的他，现在却变得越发陌生疏离，虚荣心十足，喜爱光鲜亮丽的光环，正着力营造他庞大的文学大厦……恍惚中，我的脑海浮现出一幕：一望无垠的原野上，一匹黑色的野马扬蹄奋进，正朝着无尽的远方，一路疾驰狂奔……迎接他的是朗朗乾坤、海晏河清，还是魑魅魍魉、黑夜漫漫？

　　农历的年底，又传来佳讯，文昊的散文《江南的风》在全国征文比赛中斩获桂冠，荣获一等奖。他受邀参加在云南丽江举行的颁奖大会。大会的颁奖词中，评委对其作品满是溢美之词："文昊，一位来自江南太湖平原的农民作家。他对江南故土一草一木、人情世事的挚爱，落实到自己的文字；他将人世的温存、悲悯，诉诸自己的文章……他的散文《江南的风》，通过风这一意象，将水乡泽国、小桥流水、吴侬软语、人性温润等诸多江南元素融于一体，具有浓郁的地域特色；清纯的叙事语言，使他的文字极具辨识度……"会上，作为唯一的获奖代表，他登上讲台，声情并茂发表获奖感言："我来自乡野，土地赋予我一切。我的喜怒哀乐、脾性好恶，源自江南肥沃的土壤。村里的父老乡亲，不仅教会我处事的办法、做人的道理，而且还拨引我认识外在的世界，使我获得丰沛的人生经验。他们是我的衣食父母，更是我的人生导师……我喜欢写作，挚爱文学。仿佛，这是冥冥之中上苍的安排。感谢上苍，感恩文学！文字，让我切实感受到自身存在的理由；缪斯，给予我生命之光；文学，赋予我不竭的精神驱动！多年的笔耕使我深深懂得，要敬畏自然，敬畏一切人事，敬畏所有的生命……"在四季如春的丽江古城，他如沐春风，携载文学的巨梦，沉醉在古城的山水之间……

颁奖的第二天，我从本市的报刊上阅读到有关他获奖的报道。

转眼间，已是春天。煦风习习，鲜花盛开。我收到文昊的快递，是他的散文集，新鲜出炉的。以获奖作品《江南的风》命名；20 万字，沉甸甸的；书籍装帧漂亮，硬壳的封面浅绿淡雅，逸笔草草，江南水乡美景隐约可见，诗情画意跃然纸上；扉页上有他的题签。手捧带着墨香的新书，我着实为他高兴，赶忙通过微信向他贺喜，送他一束鲜花的微信表情。我问，印刷多少本？

两千册，他回答。

时隔不久，初中班主任黄老师转告我，最近文昊荣归母校，受到校方盛情欢迎接待。他携带新书，将100本捐赠给校图书馆，校园举办了简单的赠书仪式。仪式结束，他为母校文学社的学生做了一小时的"生活与写作"的讲座。随后在学校礼堂举行签名售书活动。黄老师向我述说："念书时他似乎处事拘谨，笨嘴拙舌，可这次见面，刷新了我的耳目，他八面玲珑，能说会道，气场十足，俨然一副文学大咖的做派。得知母校明年建校60周年，他当即承诺，校庆时将捐献人民币2万元，为母校建设添砖加瓦……"以上种种，母校的公众号撰写长文，配以美图，热情洋溢地做了宣传报道。

不时有文昊的佳讯传来。他被本省作家协会吸收为新会员，并赴省城参加新会员的培训；本市作家协会换届选举，他高票当选为市作协副主席……

4

时已深秋，树叶由绿转黄。一夜的凄风冷雨，马路两旁、小树林下，枯叶横地。礼拜天。我起了个早，驱车前往文昊家。

三天前，从朋友处获悉，文昊最近患病住院。得知消息，我马上发他微信，却始终不见回音；拨打手机，耳朵里传来嘟嘟嘟的关机声。我的心情变得分外凝重。又赶紧联系他的几位好友，得到的回答却似是而非，语焉不详。有人说他好像得了抑郁症，病情严重；有人说，也许是为躲债住院，他在外面赊欠巨额债务。听着这些，我好似阵阵寒风劈面，心底涌出无限悲催……后来通过熟人，找来他妻子的手机号。我与她通话，得知他已住院一月有余，不日将出院回家。

曾到过文昊家。初中毕业的那个暑假，三个男同学相邀去他家。他的村庄叫文家湾，南北两排，中间一池清水相隔，水波荡漾，两岸杂树倒影依稀可见，七八只鸭子在悠悠凫水。问讯找到他家时，他正忙得不亦乐乎，灰尘泥屑沾满衣裤。原来他家拆除旧屋，砌盖新楼。我们的不期而至，令他局促、不安。识趣乖巧的我们，个个揎拳捋袖，随他一起运砖，递砖，搅拌、运送黄沙水泥。中午时，我们三人蹭上一顿鱼肉荤腥的饱饭，屁颠屁颠归去……那年春节，年初二，他结婚大喜之日。天蒙蒙亮时，我们五六个男生早早赶到他家，做他的伴郎。婚礼上认识了他的妻子王颖，隔壁村人，瓜子脸、端庄、朴实……

见到文昊的模样，我吓了一跳。屋檐下，他斜躺在藤椅上孵太阳，上身裹一件有补丁的棉袄，妻子陪坐在旁。文昊原先圆滚的脸，变成一个倒三角形，下巴削尖，面呈灰黄，双眼凹眍黯淡……我向他打招呼，他慢腾腾坐起，脸上挤出牵强的微笑，笑的瞬间，脸上分明有丝丝的苦意泅出……我放下手提物品，腾出双手紧握住他的右手，冰凉、冰凉的……我顺眼朝室内一瞥。屋里只有春凳、骨牌凳、八仙桌等几个老物件，清汤寡水的；墙壁白色涂料已经泛黄，斑驳陆离，褚黄色的八五砖裸露在外，像一幅年远失修的古画；半明半暗的光影中，飘浮着些微的灰尘颗粒，像水中的虫豸在游弋；客堂里阴暗、潮湿，隐约有阴霾的气息扑面而来……我们彼此相视，沉默，枯坐长久。我不忍问及他的病情（眼前所见已证实了他的病情。我实在不愿撩起他的伤口，再撒上盐）。我努力想说些什么使他高兴，思来想去，也许，只有文学还能撩动他快乐的神经。

"阿昊（上学时大家对他的昵称），你的散文集《江南的风》，我已全书通读，所写内容无不勾起我对童年往事的美好记忆；你的文字灵动，情感充沛，文采飞扬，别具江南韵味。"我对他说。听完我的夸赞，他嘴角小幅上扬，露出天真的微笑，凹陷的眼眶中似乎有了光亮，嗫嚅说道："××散文奖"的所有评委都读过，他们都说好，写得美！估摸能得奖，能得奖……

临别前，为方便联系，我与王颖互加了微信。回家后，我微信询问王颖，文昊经营的公司现状。她告诉我，公司仅有两三个员工，经营范围为打字、文印、排版等，外加兜售电脑纸张、文具用品、文化礼品等生意。公司起步伊始，每年略有盈利。但自他痴迷写作，公司业务一路下滑，后来竟到无法支付员工薪酬的地步，只得聘用职校的实习生来支撑门面。从去年始，公司半开半停，生意徒有虚名。"公司有没有债务窟窿？"我问。"说不清，我不便问，怕伤及他自尊。"她说。我问及阿昊的病况，她说曾辗转多家医院，请医生会诊，都说得了严重的抑郁症，他有执念、谵妄，须长期用药、静养，劝他放弃写作。但他心心念念梦着文学，病情稍有好转，便通宵达旦看书阅读，写作爬格子……

5

凛冬时节，江南的天像赌徒输了钱，愁着脸，灰蒙蒙、阴沉沉。那日清晨，我用完早餐准备上班，却意外收到王颖的短信：文昊昨夜已去。定于12月7日在某某殡仪馆举行告别仪式……噩耗传来，如晴天霹雳，惊怵、伤感，人生的悲凉涌自心底……我问她原因。她说，是自缢。我又问，事前有无征兆？她说，昨晚七点，他的手机骤响。见了号码，他脸色陡变，鬼兮兮跑到屋外去接听……她向我透露，前几趟住院时，他已厌世，两次自尽未遂。半夜时他躲进病房的卫生间。护士查房不见他人影，敲厕所门，不见动静；推门，紧闭着。护士撬门而入，发现他倒伏于地，衣袖、地面鲜血淋漓。原来他将玻璃杯敲碎，用锐玻璃割破手臂……一度他思维癫狂，脑海中如野马奔腾，口中呓语喃喃，整夜无法入眠。医生给他注射镇静剂，让他服食安眠药。服药时，他演绎起空手道，佯装吞咽下肚，却悄悄将药丸藏在袖中。待积蓄至数十颗，一股脑儿吞下。幸亏发现及时……

夜深人静，我抽着烟，静坐桌前。望着寂寥的夜空，心头被浓黑的悲凉围住。屋檐下文昊干枯而呆滞的脸，还有那夹杂苦意的笑靥浮现眼前，拂之不去……好死不如赖活呀！我始终想不通，究竟什么原因能使他痛下狠心，抛妻弃女，绝尘而去。此时的我竟产生执念，坚信一个怀揣文学巨梦的人绝不会有轻生的念头。我想探知他离世的真实动因。

隔日下午，我去文昊家吊唁。灵堂设在客厅，哀乐声声，妻女候守在灵柩前呜咽啼哭。我垂头伛腰，向遗体深深三鞠躬。凝望着墙上的遗像（大概是多年前的容颜，圆滚的脸上堆着憨笑，清澈的眸子闪着亮光，纯真无邪），阵阵悲恸袭来，我强抑制住眼眶里打转的泪水，心里默默念祷："一路走好，愿天堂也有文学，你的梦想能够灿烂地绽放……"离开他家时，纵有千言万语想安慰王颖，却只说上一句节哀顺变。王颖用纸巾擦干泪水，向我诉说一事。今天上午，文昊的手机铃声大作，一看，是陌生人，号码很长，像是境外的。接通后，对方恶声恶气，言语生硬粗鲁。她问，找他何事？对方说，文昊向公司赊借的贷款，还款期限已过。若再不偿还，将派人上门追款，采取非常手段。她问，欠款多少？对方回答说，连本加息，总共 80 万元。她听后手脚冰冷，悲愤交集，冷冷地回道：文昊已死，有事找警察解决。说完，她摁掉通话，关机。我听后猜测，那肯定是民间的高利贷公司，便告慰她："你做得对！这些公司都属非法，找警察等于自投罗网。日后如若再来滋事，你立即报警。"

　　文昊如此债台高筑，钱究竟去哪儿了？任我冥思苦想，却始终无法找到自圆其说的结论。待王颖办完文昊的后事，我在微信中提醒她，注意查看他的文字记载，例如日记、电脑文档等。第二天上午，她电话告知，在五斗柜抽屉的角落里，发现一个账簿，详尽记录他的日常开支，其中有几笔数目较大。如：修家谱 2 万元、《煤油灯下的母亲》1 万元、北京活动 2 万元、《江南的风》1 万元、丽江活动 2 万元、《孔雀东南飞》3 万元……见到这些冰冷的数字，一串串疑问在脑海中接踵而至。比如修家谱，按惯例有钱的出钱，有力的出力，不会有硬性摊派。他何故掏钱 2 万元，是虚荣心在作祟？既然是作品获奖，为何每次都有 1 万元的费用？还有，参加北京和丽江的活动，也不该有 2 万元的花销……我让她翻阅文昊的微信，查看是否有与他有经济往来的朋友。我实在无法释放心头的执着！尽管心里清楚那是侵犯文昊的隐私，如此做法不仁不义，是对友情的亵渎，是对他灵魂的惊扰与不敬。

王颖采纳我的建议，逐一翻阅文昊手机中的微信聊天记录。他的联系人大致有三类：一是邻里、亲戚，及家人，交流不多，内容大多为生活的杂事、琐事；一是生意上的合作伙伴，都是业务往来；一是近些年结交的文友，其中不乏他的粉丝。这些"粉丝"视他为偶像，尊他为老师，甚至直呼他大师；天天向他请安致好，递送问候的图片、表情……他呢，礼尚往来，热烈地回应。不难发现，他乐此不疲，十分享受。

王颖发现，有个叫缪斯女神的微信号，与文昊来往关系可疑。他们神神秘秘，语言隐晦含蓄，像说着天书，更像谍战片中接头的暗号。例如，缪斯女神推给文昊《江南的风》一文。过后不久，文昊只回他一个大拇指的表情。旋即问：多少？缪斯女神答：1。文昊马上从微信转账他1万元……而文昊账本上的多笔支出，都与缪斯女神有关。

仿佛办案刑警找到了重大的线索，我激动、兴奋，赶忙让王颖将缪斯女神的微信号推给我。

我向缪斯女神发信息，说："我是一位文学爱好者，想结识您，拜您为师！"

过了大约十分钟，缪斯女神通过了我的请求。

"缪斯女神，久仰您大名。能认识您，十分荣幸！"我说。

"哪里，哪里，我们彼此有缘。"他回答。

"希望在写作方面能得到您的帮助和提携。"

"别客气。互相成就，合作共赢。你从事什么职业？"

"经营一家装潢公司。小公司，不大，几十人，一年几十万元利润。吃不饱，饿不死。"

"好的。我眼下有事，日后多联系。拜拜！"

"拜拜！"

6

我想，家是一个人的避风港，是温馨的窝，是这个人最后的退路。如果回到家里也被当成敌人，那真是走投无路，死路一条了。文昊的家温暖吗？王颖对文昊好吗？几次，我想开口，却又不忍心问。

有一次醉酒，微醺。我憋不住，微信提问："王颖，这些年文昊痴迷文学，撒手生意，沉湎于写作，你有怨言吗？"

王颖思考良久，从侧面给了回答："他不止一次对我讲，文学是一种精神的追求，更是一项神圣的事业。倘若写作有所成就，既可出名，也可获得经济上的回报。每次获奖归来，他都扔我一沓钞票，说是奖金。中篇小说《孔雀东南飞》发表后，他塞我 5000 元，说是稿费。散文集《江南的风》出版后，又给我

8000 元稿费。北京归来，他收获满满，兴奋不已，给我炫耀新结识的各位大佬。他说这些高官贵人日后会给全家带来福祉！果真，时隔不久区里的一位副局长介绍他一笔七八万元的业务，说是由那位高官牵线搭桥促成……村里邻居，常读到他报刊上的文字，路上遇见都热情尊他为大作家大文豪，还呈上几句苟富贵勿相忘之类的话。每每写作有所收获，他总在第一时间呼朋唤友，上馆子，聚酒，庆贺。隔三岔五，文友邀他聚酒，从朋友对他的羡慕与赞美中，我似乎感受到文学的巨大魔力，愈加相信文昊选择的准确和英明！一次聚会上，文友间因观点不同引发争执，有人对文昊提出质疑，我腾地起身，严厉驳斥对方……"

那天放学前，我挑选一篇学生短文，键盘敲打成文稿，然后落上我大名，发给缪斯女神，并附言："这是我的近作，请老师多加指正。"

晚上 8 点，他终于回微信，说："习作已拜读，你的文字功底不错。但恕我直言，文章题材缺乏筛选，思想尚欠深度，文字表述技巧单一。你得向名家学习，平时要多读多写。多写，是硬道理；多写，才能出好作品！"

我向他发一个羞愧的表情，并附言道："谢谢！谢谢老师点拨，今后一定多读多写，不负你的厚望。"

他又告知，朋友开一爿书院，坐落在荷风公园，专门从事文学写作培训，已开办 5 期，效果颇好。第 6 期即将开班。本周末晚上

7点，老师将开课试讲，欢迎前去试听。若试听满意，可缴费报名。

荷风公园离我住地不远，相距十多公里。公园内鸟语花香，绿树成荫；假石嶙峋，拱桥曲折，流水潺潺；一池残荷，经风摇曳。书院位于公园的东南隅，三间平屋，仿明清式样，黑瓦青砖，高墙翘檐。东侧两间相通，是教室，西边一间用于接待、喝茶、办公。

教室里，男女老幼座无虚席。授课老师是一位长者，圆形的脸上嵌着金丝眼镜，髯须飘逸，长发垂肩；身着灰色的唐装汉服，吐话举止倜傥潇洒，俨然一副艺术家的风范与做派。他自我介绍姓苏，是大文豪苏轼的后裔。他的授课内容专业，文学性极强，主要讲了两点。一是文学创作与一般写作的区别，强调文学创作题材得有独创性、唯一性、排他性。他列举当下写作的通病，如人云亦云、鹦鹉学舌等，题材的同质化倾向十分严重，并提出文学创作必须克服雷同，避免程式，做到独辟蹊径，独树一帜。强调作品情感的个体性、独特性，情感必须发自内心，我手写我心，比如写爱情，一千个写作者笔下就会有一千种不同的爱情。作家要抒写自己熟悉的生活，凸显地域性，从地域文化中昭示文化个性，彰显不同文明的审美趣味。二是文学写作要学习借鉴《山海经》等史前神话，从人类原始思维中汲取养料，大胆进行想象、联想、幻想，创造出奇特传神之作。要学习古人读万卷书行万里路的精神，脚踏名山大川莽苍后土，培植自己的慧根灵性，在行走中积攒能量，从自然中汲取艺术养分。要打通视觉、听觉、嗅觉、味觉、触觉等各种感官，获得人类新鲜的体验和灵感，创造出湿漉漉、元气酣畅的艺术珍品……上课结束前，他慷慨陈词："20世纪80年代末的夏天，本市电视台举行诗歌篝火晚会，地点设在鹿顶山的山顶。当晚，从山麓到山顶，水泄不通，挤满赴会的人群。组织者只得临时取消活动，调来警力，紧急疏散人群……而今文学事业方兴未艾，网络文学、微信、视频各显神通。人人都可以是诗人，人人都可成为作家，相信有在座各位的热情参与、努力加持，文学的春天必将再次降临人间……"

在接待室，我认识了缪斯女神。彼此寒暄，品茶聊天。似乎心向一处，同情共频，聊得走心开心，无拘无束。"你有什么理想抱负？"他微笑着问。我含含糊糊答他，希望写作水平获得提升，文学事业有所建树。"你的习作想发表，还是想拿奖？"他直截了当提问。"我目前的水平行吗？"我表示疑问说。他信誓旦旦，说："行，肯定行！我们有专业的团队为你服务，可以替你润色习作，或者代笔捉刀，然后运作去发表，去评奖，只需承担一定的费用。"我故作思考，犹豫说道："好的。容我考虑考虑，再做决定……"

回家的路上，我抑制不住内心的激动，拨通了王颖手机，叙说发现的秘密。她听后反应淡然，没有接我的话题，却平静地对我叙说她经历的一事。前些天，她去城里找到一家易馆，请算命先生为文昊测算命理。先生摇头晃脑依他的生辰八字一番推算，得出结论：今年是文昊的大运流年，遇上天狗星（天狗煞），厄运缠身，在劫难逃。

王颖回到家中，才想起先生要文昊的阴历生日，自己错报了阳历生日。

栀子花

1

午后，栀子花身披花格子睡袍，慵懒地倚靠窗前。她双手环抱，怔怔望着楼下的市河。春光明媚，河水波光潋滟，碎银似的白光折射过来，叩击她眼皮，两眼如兔眼迷离，心绪飘忽摇曳，漫漶出忧郁的神情。

昨晚子夜时分，酣睡中的她，被吵醒。

"呜——喵呜——喵呜呜——"屋顶传来猫的叫唤声，时紧时松，时近时远。一会低沉幽咽，缠绵悱恻；一会声嘶力竭，歇斯底里……

"咯棱，咯棱棱。"猫的尖爪在瓦楞上留下清冷的声音，急遽远去……

"畜生。"她心里嘀咕一句，翻身拥衾，继续睡觉。

她迷迷沌沌、半睡半醒，凄厉的猫叫声再次凌虚而出，划破静谧的夜空。这下，她被彻底闹醒，一时眼清目亮，睡意全无。这该死的猫，在发情、叫春。她的心渐渐潮湿，湿漉漉，鼻翼间似乎嗅到腥味，那杀千刀男人身上特有的气味……

隔壁家的青年寿林，也被扰醒。恼人的声音，搅得他心烦意乱。他蹿出被窝，套上外衣，从老虎天窗爬上屋顶，随手持一杆长竹。他轻捷行走，准备用竹竿驱打那猫。猫的嗅觉灵敏，倏地飞跑远去。他怏怏、落寞。凝视夜空，黑色茫茫，一片阒寂。蓦然，栀子花的天窗闪出黄晕，忽明忽暗。栀子花那迷人的眼睛、雪白的肌肤、妖娆的身段，在他眼前晃动起来。他不自觉向窗前移步。他像练过轻功似的，把控住脚步，不发出一丝声响。

寿林佝下身子，轻轻伏倒在瓦楞上，脸紧贴窗户，呼哧呼哧的热气呵在玻璃上，像蒙上一层薄雾。他用手拭去玻璃上的雾气。向下俯视，眼前一幕，让他惊呆：她，一丝不挂，偃卧着。煤油灯微弱的豆光，映照她光洁的肌肤，泛出清幽的白光。她两眼微合，双手按住结实的奶子，轻轻搓捏，红色的乳头在指尖跳跃……17岁的他，一眼不眨盯看着。初次窥见女人完整的肉身，身子立地着火，血液急遽奔腾，扑通扑通，心脏狂跳，撞击瓦片；脑海里乱成一片糨糊，意识模糊；体内如被掏空，像羽毛轻盈浮升，飘飘欲仙……

次日清晨，寿林早早醒来。开门时发现，隔壁富安茶馆门前乌烟弥漫，栀子花蹲下身子，不停打着蒲扇，对准煤炉下口扇风。

寿林凑上前，招呼她："你早。生炉子？我来！"

她轻轻一句："老麻烦你，过意不去咯。"

他的目光投向她。她站起身，溜他一眼。四目交织时，他的脸陡地生出一丝羞赧，昨夜的情景浮现在他脑海中，心慌意乱中伸手去接蒲扇，他的手指触摸到她的手指，光滑、柔软。他心里一哆嗦，赶紧俯身垂头，使出手劲疯狂摇动蒲扇。

烟雾渐渐消失，红蓝相间的火苗从炉膛蹿出，炉子着了。他将炉子提进灶间。随手拎了水桶，去院子水井汲水……煤炉上的壶水扑噜扑噜烧开时，零星的茶客已陆续进门。

富安茶馆刚开张不久，主人是栀子花。因紧挨市桥富安桥，便取名富安茶馆。房屋是她租赁的。街人都在猜测，她在上海发了横财，捎回一笔不菲的钱财。

2

她真名叫杨姝萍，不叫栀子花。当时寺北街有两户人家在上海做生意。一户姓杨，叫杨睿瀚，经营桐油生意；一户姓薛，叫薛福海，经营钢铁生意。杨姝萍家和杨家相隔仅几家，祖上沾点亲。每逢主人春节回家，杨家门庭若市，宾客满堂。晚饭后，母亲拽上她去杨家串门，扯老空。杨家客堂灯火通明，人头攒动。年幼的她怯场，常躲在母亲的腋窝，睁大眼睛倾听杨睿瀚讲述有关上海的见闻。提到上海，杨睿瀚总是一口一个大上海，一口一个上海滩，讲得口吐飞沫，眉飞色舞。从他的话里，她依稀觉得，上海滩简直是天上人间，富得冒油，遍地黄金。那里霓虹闪烁，夜夜笙歌，有十里洋场、高楼耸立、宽旷的马路、有轨电车、汽车、高鼻子红头发的洋人，还有舞厅、咖啡馆、高级宾馆……

步出杨宅，已是夜半时分。月亮隐在树梢，脚下的路忽明忽暗，一脚高一脚低。可她却燃起心灯，眼前豁亮通透，心房早已鲜花簇拥、姹紫嫣红。年幼的她，还没出过远门，一直窝在巴掌大的寺北街。杨家主人口中繁华的上海滩，令她炫目，令她艳羡。她的心在急速膨胀、扩展……冥冥中，仿佛上海滩在召唤她，花花世界在静候她粉墨登场。

日子虽然清苦、寒碜，她却满含梦幻，憧憬着湿漉漉的未来。她时常梦见自己来到上海，过上神仙似的日子……

和小伙伴在田埂玩耍时，她常对她们说："杨睿瀚是我哩亲戚，等我长大了，他要带我去大上海工作，可以天天吃上鱼肉，穿上新衣，出门坐电车，看遍花花世界。"

小伙伴逗她说："那你要嫁给上海人了，做上海人的老婆?"

她红着脸，笑着回答："嗯，对咯。"

小伙伴拥上去，捅着她的腋窝，说："上海老婆，上海老婆……"

咯咯咯，她被逗得笑不住声，嘴里却坚持着说："我就是要做上海老婆，上海老婆！"

16 岁时，正值花季的她，终于如愿以偿，随杨家来到上海滩。

杨姝萍欲去上海，杨睿瀚起先没同意，觉得为难。一个不谙世事的乡下丫头，想在上海滩闯荡，站住脚跟，谈何容易。再说，杨睿瀚是有身份地位的商人，身旁突然冒出一个乡下姑娘，那样的场面一定突兀、尴尬，它会招致种种的猜疑和飞语。

那年，杨家顺风顺水，喜事连连。一笔笔生意纷至沓来，家室又新添男丁。妻子提出再雇佣一位保姆，帮助打理生活、照料婴儿。身边一时找不到合适的人选，杨睿瀚想到了老家的杨姝萍母女。前不久，杨姝萍母亲刚来信，再三恳求他，帮杨姝萍找份工作，去上海混口饱饭。他印象里，那小女孩长得标致清秀，蛮机灵的。于是，他派人去寺北街，将她接至上海。

杨姝萍是个没见过世面的乡下野孩子。初入杨府，她处事幼稚毛糙，说话率性。杨府管家在礼仪规矩上对她耐心讲解、点拨，悉心调教。聪颖明理的她，渐渐改掉乡下的陋习，言行举止变得优雅得体，加上她有乡下小孩的吃苦勤谨，便讨得杨府上下的喜欢，不久便融入杨家人的生活。

那日，杨睿瀚府上大摆酒席，宴请达官贵人。傍晚时分，嘉宾西装革履、风度翩翩，会聚杨睿瀚宅邸，有银行的、税务局的、警察厅的、巡捕房的……其中，还请了一位特殊人物，江边码头帮会的头目李东魁。杨家公司的货物运输得倚赖他，从码头发往欧洲、北美等地。

杨姝萍身着素白的工作衣，头顶红帽，在厨房和厅堂间忙碌奔波。李东魁正对厨房与客厅的过道而坐。原先他和客人高谈阔论，杯来盏往，应酬着，对她丝毫没在意。酒至半酣，她手捧一大盆阳澄湖大闸蟹，用地道的吴语糯笃笃叫唤道："大闸蟹来哉，大闸蟹来哉！"

李东魁抬眼谛视，杨姝萍步姿款款，两眼顾盼神飞，气质清新脱俗。他心里微微一颤，眼前美人，怎么似曾相识?!

杨姝萍天生是美人坯子。一方水土养一方人。栖居上海数月，杨家优渥的环境、山珍海味的日子，让昔日乡下的丑小鸭一下子出落得小鸟依人、风姿绰约。娇小的瓜子脸上，肌肤滋润得粉白水嫩；一对忽闪忽闪的丹凤眼，眼形细长，眼尾向外自然延伸，眼瞳黑白得宜；她个子虽不高，却线条轮廓分明，蚁腰螂臀，楚楚动人……

李东魁嗜爱吃螃蟹。秋风起，蟹脚痒。螃蟹上市时，他会指派手下专程去阳澄湖购买。他吃螃蟹，只只都是精心筛选。农历九月，吃母的，只只满半斤，蟹黄饱满，肉鲜黄肥；农历十月，吃公的，每只不低于六两，腿脚硬朗，脂膏丰润。为吃蟹，他专门配备了吃蟹的器械——小方桌、腰圆锤、长柄斧、长柄叉、圆头剪、镊子、钎子、小匙等，俗称蟹八件。每次，他娴熟地使用工具，做出垫、敲、劈、叉、剪、夹、剔等动作，边喝着上海本地产的枫泾黄酒，边细细品咂蟹肉的美味。眼下，见到杨姝萍，他神思恍惚，大闸蟹鲜美的味道，吊不出他的胃口，勾不起他的兴致。他眼光不时向她瞟去，脑海里频频扫描搜寻，突然忆起，她酷似他的初恋情人栀子花，从神情外貌，到言行气质，莫不相似。

3

大炮一响，黄金万两；酒盏咣当，招财进宝。饭局是生意场的润滑剂。餐桌上，吆五喝六，风生水起，能喝出一方天地，招来生意无数。可杨家这顿饭局，似乎请得憋屈，请得冤枉。没有起到预期的效果不说，反而还惹出了麻烦，滋出了是非。

码头传来坏消息，杨家的桐油堆积如山，无法运出。杨睿瀚想不通，自己与李东魁有着十多年的交谊，又是生意场上要好的合作伙伴。那次宴会，还塞他两条"黄鱼"，当伴手礼。目下状况，他有点坐不住了，派人去打探个中蹊跷。传回的消息一会儿说，受风浪影响，码头无法派遣货轮；一会儿又说，码头接到上方命令，有战备物资得安排运输，其他业务暂停……

问题出在哪，杨睿瀚百思不得其解，他嗓子口隐隐有半截鱼刺生生堵着。眼看订单将违约，一旦违约损失惨重，生意信誉会严重受损。无奈之下他不得不花重金，雇托上海滩有名的包打听，前往暗中勘查。

隔几日，包打听笑眯眯地来见他，告诉他说："李东魁近来闷闷不乐，害的是相思病，他迷上你家的小保姆啦。"

杨睿瀚闻后，哭笑不得，自己哪会想到这一层？心里咕嘟骂了一句："这个色鬼！"

他有些后悔。说真的，当初的第一感觉是正确的，不该将杨姝萍从乡下带来。眼下果真惹出麻烦。用钱财消灾，肯定无济于事。直接把她送去，她愿意吗？她父母会怎么想？

他命下人将杨姝萍喊到客堂。他想与她闲聊，摸摸她的心思。

"来上海多久了？"

"差不多五个月了。"

"生活过得习惯？"

"谢谢您和夫人的关照爱护，一切蛮好。"

"想不想家？"

"不太想。你们待我如亲生女儿，我过得很舒心。"

"我有个朋友，也是个有头有脸之家，家中急需一个帮工，肯出双倍的工钱。你愿意去吗？"

"我舍不得离开这里。如果您有意让我去，我就去。主人的脾气好吗?"

听说出双倍的工钱，她心动了。只是将面对陌生的主人，她多少有些心虚，不踏实，随口询问。

"他为人不错，挺仗义大方的。"

"我听您的安排。"

"你先去试试。不行，再回这里。"

"嗯。好咯。谢谢您!"

码头附近，幽深的弄堂深处有一私邸，两间小楼，老建筑，欧式风格。杨姝萍立地成了宅邸的主人，不，应该是栀子花成了这里的主人。自进屋那天起，李东魁吩咐手下人，一律唤她栀子花。当日，李东魁令女佣陪伴栀子花，坐上轿车，去南京路逛街、购物。凡中意的，不问价格高低一概拿下，高跟鞋、衣裤、手包、香水、化妆品、金银首饰，一应俱全，装了几大袋，满满一汽车……真是苍天有眼，自觉低人一等的栀子花万万没料到，自己能鸿运高照，时来运转，一跤跌入青云，做上贵夫人，过上饭来张口衣来伸手的奢华生活。

李东魁空闲时，就往栀子花处跑。他而立刚过，如狼似虎，眼前的栀子花如花似玉，含苞待放。他对她宠爱有加，含在嘴里怕烊，捧在手里怕碎。两人柔情衷肠，如胶似漆，浸淫于新婚蜜月般快乐之中。他带她出入上海滩一流的饭店，如和平饭店、礼查饭店等，品尝美味佳肴，让她开眼界；他还带她去百乐门、大都会等驰名的舞厅，教她跳舞，让她经历世面……她闲得发慌。她一会儿提出要学做缝纫，李东魁替她购买缝纫机、布料，供她实践；一会儿提出要学画画，李东魁为她请来美术老师指导；一会儿又嚷嚷想学弹钢琴，李东魁便聘请钢琴老师，上门辅导……

数月之后的傍晚，栀子花等候李东魁归家。昨日他俩约好，今晚去礼查饭店用餐。眼看时间已到晚上七点，还是不见他人影。她开始焦急，忐忑不安。

七点一刻，门铃响了。李东魁的一个马仔急急叩门而入。一进门高呼着："栀子花，栀子花！"

栀子花应声下楼。马仔火急火燎告诉她："不好了，魁哥出大事了，赶紧收拾行李，随我走。"

栀子花撒着娇，站着，不肯挪步，非得问清李东魁在哪儿，出了啥事体。马仔铁青着脸，大声呵斥："赶快，来不及了！"

栀子花见状，明白事体大了，便胡乱挑选几件衣饰、一只首饰盒、一个留声机和几个唱片，匆匆上了马仔的汽车。

路上，马仔将白天发生的事简要与她述说，下午在维纳斯舞场，为争一个舞女，魁哥与他人起了口角。魁哥的几个弟兄动了粗，将对方打成重伤送进医院。事后发觉，对方系某军阀的公子。魁哥自觉大祸临头，便坐车仓皇出逃，藏匿在郊外。眼下马仔来接栀子花，送她回寺北街躲避风头。马仔指指一个包袱说，里面的金条银两，是李东魁给她的盘缠。

栀子花失魂落魄，战战兢兢回到寺北街。

数月间，上海没有一星半点消息。四顾周围人群，日出而作日落而息，都在重复着陈旧的日子。时间让人健忘，她的心渐渐松弛下来，旺盛的消费欲浮出水面。在上海滩，她习惯了大手大脚，一掷千金。现在她开始享受李东魁赠予的钱财，鱼肉荤腥顿顿上桌，家常日用见啥买啥，见好买好，她的花销开支如流水一般。

父亲见她如此作践钱财，心急、心慌、心瘆，狠劲呵斥她："你真是个倒头光，不能节制着花？"

母亲耐着性子，教诲她："过日子须立足长远细水长流，得能掐会算。像你这样花钱，即使有金山银山，也禁不起多少辰光的折腾，你迟早会沦为穷光蛋。"

父母合着劝诫她："购些水田、房产守着，日后可养老防老。"

她听后，咯咯咯直笑。她对这些都不感兴趣。她对他们讲："在寺北街，所有的生意都不入眼。要么开爿茶馆店，我倒蛮喜欢。"她喜热闹，而茶馆店就像上海滩的咖啡店，是最热闹开心的场所。

　　父母商量，与其让她日日作践银两，倒不如趁口袋还剩几个，让她闹腾一回，或许还有个出产，有个盼头，或许她可从中悟出些生意经。

　　母亲打听到，富安桥附近的一户人家，子女定居在城里，父母年迈已随子女生活，房屋空置着，愿意出租。

4

　　万事开头难。富安茶馆的生意却是顺风顺水。富安茶馆地处街中心，富安市桥衔接东西街市，出脚方便，客流量大。自开张的当日起，富安茶馆风生水起，生意兴隆。栀子花在上海滩待过，见过世面，曾经沧海。那时在寺北街有两户人家有发电机，一户是杨家，一户是薛家。她与杨家沟通好，接上电源，按月付费。通电，可以播放留声机。李东魁赠送她的那台美国产的留声机，正好派上用处。

　　留声机在寺北街是个稀罕物。打开电源，唱片缓缓旋转，音乐声从大喇叭中汩汩流出："吱吱吱，噜呜噜呜哦噜噜噜哦噜，噜呜噜呜哦噜噜……玫瑰玫瑰最娇美，玫瑰玫瑰最艳丽……"舞曲像春风般轻柔，又像秋雨似的缥缈，悠扬婉转，缠绵深幽。乐曲招徕八方客，歌声引得众人归。去富安茶馆坐上一时半刻，手捧热腾腾的茶茗，谛听留声机传出的美妙乐曲，成为寺北街的一种时尚、一种潮流、一种荣耀。富安茶馆天天宾客满堂，场场座无虚席，街上男女老幼莫不以哼唱风靡一时的舞曲为荣，《玫瑰玫瑰我爱你》《夜来香》《夜上海》《假正经》《天涯歌女》《我要你》《蔷薇处处开》的旋律响遍街道……

江南的春天，阴雨绵绵，淅淅沥沥。雨水将茶馆门口的道路洗涤一新，每块青石显出它固有的肌肤和纹路，仿佛在热情迎迓每一位茶客的光临。雨天的寺北街似乎比平时多了一分清闲和寂寥。但从午后起，富安茶馆却突然喧嘈起来，一拨一拨的客人纷至沓来，喝茶的客人济济一堂。在靡靡之音中，品茶、听雨、说古道今、畅叙抒怀，彰显出小街人的优雅、情趣、浪漫情调……

晚饭后，栀子花上了楼。煤油灯下，她捧出铁盒，开始点数钞票，盘点账目。摸捏着钞票，似乎失却了往日的亢奋和激情，她显得神思恍惚、心不在焉。白天，寿林围着她转，帮她提水、沏茶、换煤球、拖地、做菜烧饭。她走到那，寿林的眼睛里藏着火苗，滴溜溜粘住她，窥视她的脸蛋、胸脯、臀部。她心里发毛，不舒服，甚至鄙夷他：小小年纪像只馋猫，一副偷腥的德行。她有些牵念下落不明的李东魁，浸淫在那些湿漉漉的日子里，她和他曾彼此交缠，颠鸾倒凤，云雨交欢，而今不由得滋生出缱绻之情……滴答，滴答，谛听细雨敲打玻璃的声响，心里水汪汪的，竟漫漶出丝丝的惆怅和落寞……忽地体内翻江倒海般涌出阵阵渴望，那是对男人的饥渴。它来势凶猛，气势磅礴。她的乳头似乎翘了起来，胀鼓鼓的，想要，想死了！一时间两个男人的脸庞在眼前交替出现，一会儿是寿林的，一会儿是李东魁的。李东魁生死不明，解不了近渴；寿林的脸孔便日益突兀、醒目，生根在脑海：四方脸，有轮有廓，鼻子挺尖，略带钩子，有点德国式，凸显出男人的刚毅有力；嘴巴上下黄茸茸的髭须隐约依稀，散发出男性成熟的气息；两颊肉嘟嘟的几个青春痘，像凝结的几团火焰，彰显出雄性强劲的荷尔蒙。恍恍惚惚，内心变得暧昧、轻浮。寿林的身形愈益鲜活起来，仿佛前世今生，一下子与他有了某种亲近、亲昵……

　　第二天傍晚，茶馆关门打烊时，栀子花让寿林留下，陪她啜酒。与心仪的美人共度良宵，千载难逢，他求之不得。他咧开嘴，傻笑，那股欢欣劲分明来自骨髓，出自灵魂。她端出备好的菜肴，盐水虾、白斩鸡、红烧猪蹄等。斟满酒杯。栀子花站起身，端上酒杯，咣当，与他撞杯。他像被封了赏，受了宠，毫不迟疑，一饮而尽。啜的是黄酒，寺北街的老字号双套酒。酒，很好上口，稠黏黏似一条直线滑过嗓子，甘润润、滑腻腻，醇香四溢。可酒的后劲大，几杯落肚，栀子花浑身似通了电，烘烘发热，喉咙像在冒烟。她的眼乌珠死死盯住寿林的脸蛋，挪不开了，恨不得一口将他吞下。寿林被她灼灼的眼光压得喘不过气，脸涨得通红，吐话急急巴巴，脑海里飘飘忽忽，闪现出栀子花赤身裸体的场景……一个觊觎她肉身已久，一个视他为囊中之物；一个干旱饥渴已久，一个早已洪水泛滥。两人迅捷缠一体，干柴烈火，噼里啪啦，焚烧起来……

不久，寿林住进了茶馆，和栀子花同吃一锅，同床共枕，俨然一对恩爱的小夫妻。

5

那日早晨，栀子花起得迟，浑身疲乏，腰酸背疼，满脑子沉沉昏昏。寿林备好了早餐，米粥、油条、煎鸡蛋。她端坐桌前，想吃，却没胃口。呼噜噜，啜上几口稀粥，喉咙却像筑了堤坝，打嗝，就是咽不下。她走到碗橱前，发现里面有半碗腌芥菜，便撷了一筷头，推入嘴里，细嚼慢咽，竟滋生出咸咸酸酸、滑爽鲜美的味道。想不到，她眼里一向低贱的小菜，而今竟吃出了隔世的况味，她一阵惊喜，便恣意狼吞，一筷头一筷头往嘴巴里塞……突然一个饱嗝，肚里的食物像被什么拎起，泛出一股恶心，直想呕。她快步来到沺脚桶前，哇地一阵狂泻，呕吐不已。吐出的比吃下的多，多出许多，最后竟全是苦水、黄水。栀子花惊怵、不安。倏地想起，身上的"亲戚"已两月没来，莫非有了身孕？她慌忙差寿林去呼唤郎中。

郎中来了，一番望闻问切后，笑吟吟向她说道："恭喜恭喜，你这是喜脉。"

栀子花闻后，陡地紧张惶恐，惴惴不安……随后涌出的却是初为人母的喜悦与自豪，脸上绽出微微的笑意。

双方父母得知，既惊又喜，相约碰面，紧急磋商。但他们都心知肚明：木已成舟，生米煮成熟饭，能有多项选择？答案唯有一个：结婚成亲。于是双方父母顺水推舟，心平气和，互相谦逊礼让，达成共识：各自分头行动，择良辰吉日，行彩礼，备嫁妆，邀请亲朋好友，准备举办婚宴。

两月后。天空满布阴霾，狂风大作。没日没夜的雷雨铺天盖地，寺北街陷入汪汪一碧的梅雨之中。那日傍晚，茶馆已关门歇业，寿林正围着灶头，忙碌着炒菜、做饭。栀子花安坐桌前，静静地闭目养神。

嘭嘭嘭，局促的敲门声响起。

"来了，来了。"寿林高呼着，去开门。

门外，一个男子大声问道，是不是栀子花的住处？边说边哧哧喘着粗气。寿林招呼他们入门。两个湿漉漉的青年抬着一张藤椅，椅子里窝着一中年男子，半身不遂，浑身湿透，汪着水。他两眼凹陷，空洞无物，只有眼珠子转动时，似乎还是个活物。

栀子花闻声，腆着肚子，迈着鸭步一晃一摇，缓缓而出。她满腹狐疑，端看着来客。终于认出，藤椅里的男子，他，是他，李东魁，这个杀千刀的！她的脸色立地煞白，小腿一软，眼前一阵黑，摇晃着身子就要倾身倒下。寿林眼睛尖，手脚灵敏，快步上前扶住……

破鼻头

肖红的天一下子黯淡下来。放学的铃声响过，孩子们的喧嚷渐渐离去，校园一下子沉静下来，只有香樟树上归栖的鹧鸪鸟不识时务地在咕咕啼鸣，让她心烦，令她意乱。她无绪地呆坐着，心里气躁郁闷……晚上近6点，她才关了灯，快快走出办公室。

她拖着重步来到家门前，窸里窣落从坤包摸出钥匙，在司伯灵锁内磨叽半天，噗一声，木门弹开了。进屋瞥见，长条形的餐桌上，饭菜已端正摆齐，笋干炒鸡蛋、冬瓜排骨汤、蒜泥苋菜、腌黄瓜、两双筷、两碗饭。丈夫黄敦在沙发上躺着，边刷着手机，边候等她。

她顺手将包包朝沙发旁的方桌一掼，气呼呼落座于餐桌前。明晃晃的吊灯下，饭菜的热气拽着戾气直往上蹿……一向温顺的他，变得很识趣，尽量不惹她，更不殷勤，生怕成出气筒，只是从沙发轻轻爬起，无声地上桌。他一上桌，两人默契地动起筷子，夹菜吃饭。

她慢腾腾咀嚼着，口里的饭菜失去往日的滋味，仿佛还滋生出苦味，喉咙口如垒了堤坝似的，下咽艰难。于是索性搁下筷子，默坐，喘着闷气，耳中开始嗡嗡作响，午后的一幕晃动在眼前……

下午第二节课，她正端坐桌前，专心批改作业。小李老师走进办公室，招呼道："肖老师，门外有人找！"

她快步来到门外，发现走廊站着一位男青年，25 岁左右，穿一身粗布的劳动服，身上跑出刺鼻的汽油柴油的混合味。他的脸又黑又瘦，右鼻孔塞着洇血的棉絮，眼神阴鸷，冷光莹莹，眼珠子直勾勾盯住她不放。

"肖老师，还认识我？"他冒出一句，说话时微微一笑，但笑颜还没绽放，就潦草地收了回去。

"你是？"她惊疑地问道。

"想不起了吧，我是你学生，刘星。当初你曾当着全班的面，调侃我是班级的一颗流星！"他玩世不恭地说道。

她兀然记起，是他，刘星，她的学生，形貌变化不大，只是人长高大了，看上去比上学时更黑更瘦。那时他上小学五年级，课上调皮捣蛋，常做出怪异的行为，曾被她叱骂、罚站……

"哦，记起来了，是你，刘星！"

她不明他的来意，疑惑地说道："找我有事？"

这时走廊里添了一位老太太，60 岁上下，手里捧个手机。肖红的注意力在刘星，没在意。

"那天课上，我拽了一下前座女生的头发。你立地过来，凶凶地就是一巴掌，揍得我眼前漆黑，脸发肿，鼻子淌血。"他含着责怪与抱怨述说。

肖红稍作回忆，便记起来。那是期末的一堂数学复习课，她正投入地讲解习题，听到女生哇的一声，循声发现他正攥住那女孩的头发。她怒不可遏，小跑过去，甩给他重重的一巴掌……

"当时是为你好。你自个不专心，还影响同学听课。"

"你下手真狠！一巴掌将我的鼻子打成破鼻，至今还时常流血！"

"今天来，就为这事？"

"对！就为这事。"

"事情过去十多年，你想咋办？"

"得向我道歉，赔偿精神损失！"

刘星微微激动，说话嗓门变粗变高，情绪躁动不安。

听到吵闹声，没课的老师都聚拢过来……

见情势不妙，小李老师躲到一旁，拨通了校长的电话。

校长匆匆赶来，将肖红和刘星请去校长室。老太太紧随其后，她是刘星的奶奶。

校长向刘星询问事情的缘起经过。刘星起始有些迟疑，吐话咯咯噔噔，后来的叙述变得顺畅，振振有词……待他讲完，校长便向肖老师发问。

肖红脸涨得通红，显出尴尬，矢口否认道："十多年前的事，已记忆不清。"

她的回答，激怒了老太太。老太太挥舞着手机，咆哮道：

"刚刚还承认的，现在想抵赖！我手机里有录音！"

"没打，肯定没打。"肖红很坚持，信誓旦旦。

刘星顿时脸上失色，身子扭曲，大吼道："你算什么老师，狗屁，满嘴胡话！我可以让班级同学来做证。"

"让他们来，我候着。"

"你这泼妇，不得好死……"

刘星开始出言不逊，破口谩骂。校长推搡着肖红的肩膀，示意她先回自己的办公室。

肖红走后，校长和颜悦色，说着软话，不住安慰刘星和老太太，竭力使他俩消气、熄火、平静下来……并承诺，待事情调查清楚，校方会给他们满意的答复。为方便联系，校长主动和刘星加上微信……

窗外的月光渐渐黯淡，夜色向浓黑的深处漫延。肖红的脑海中有无数念头在不住地冒泡，就像坐在夜幕下的列车上，透过车窗远方不时有星星点点的灯火闪烁……刘星和老太太冲她咆哮的情景不时跳将出来，袭击她，使她无法入眠。她努力尝试忘却，让奔腾的思维刹车：掰开十指数数，耳朵里塞棉球，蒙上被子闭目，但几乎徒劳……曾经有片刻的小睡，她做了一个小梦。梦的情景好像是秋天的夜晚，她坐在老宅的院子里，秋风瑟瑟，粗大的槐树上传来咔嚓咔嚓清冷的响声，是毛毛虫在啮咬树叶的声音。突然一条毛毛虫从树上跌落，掉在她颈部，冰冷冰冷，她顿时满身起了鸡皮疙瘩，哇，她惊叫一声。梦醒了……那至暗的时光，心情糟透了。男友背着她，偷偷摸摸搞地下恋，插足者竟是自己的表妹，姑姑家的女儿。那天表妹上她家，彼此谈得投缘，像孩时一般热络。男友发来短信，说假日广场新开一家樱花日本料理店，请她去尝鲜。她邀上表妹同去。用餐期间，他和表妹眉目传情，情意暧昧。趁她上卫生间，男友要了表妹的手机号。以后的日子，他俩你侬我侬，粘在一起……她憋屈、伤心，情绪变得焦躁、粗暴，常为学生的小过错大发脾气，比如课上迟到、自修课讲话、作业拖拉、做错题等，时不时将莫名之火在教室点燃……那次课上，刘星的举动极度刺激了她，像炸药包点燃了引线，她对男友所有的愤懑和痛恨，化作满身的力气汇聚在那一巴掌上。刘星的脸上陡添几道印痕，殷红的鲜血从他鼻子汩汩流出。她心里着了慌，赶忙拉他去医务室，校医用药棉堵住他的鼻孔……她懊恼不已，后悔自己情绪失控，出手过重。持续数日，她担心、忐忑、惶惶然，生怕家长来校唯她是问，担心自己在同事前出丑。所幸的是，后来风平浪静，归于沉寂……可时隔多年，他们还是找上门来。哎，该来的还是来了……和男友分手后，她的婚姻观起了颠覆性的变化，她只想寻找一位真心实意爱自己的男人，过素朴恬淡的日子……丈夫黄敦，是乡医院的外科医生，人厚道、实在，不善甜言蜜语，更没有风花雪月的浪漫。

但关键是，他爱她，爱得疯狂，死心塌地，无怨无悔……结婚一年后，她生下女儿，自己却变了个人，像换了人间，不想说话，懒得搭理人，连朋友也不愿见，很多时候心里难受，郁郁寡欢，独自默默流泪。她要么傻坐，要么卧床；晚上整夜失眠，白天全身乏力，神志迷糊。后来丈夫陪她去看心理医生。医生诊断是产后抑郁症，让她吃药治疗，什么氟西汀、文拉法辛、米氮平、阿米替林，服了整整三年……

　　校长叫来当年和肖红搭班的几位老师，调查核实事情真相。有老师说时光久远，已经记不得；有老师说确有其事，但起因经过已模糊不清。校长又唤来英语老师刘兰桂。刘兰桂和刘星是同村人。她告诉校长，他们曾同住一个村庄，她出嫁后不久，村庄拆迁，村民都住进安居房小区，彼此见面甚少。春节时听母亲讲起，他的婚恋一直不顺，曾处过多个对象，但都黄了。其中一个交往二年，已到谈婚论嫁的地步。女孩的叔叔是派出所民警，无意中在公安网上发现，刘星就读职业中学时，参与打架斗殴，被行拘十五天。女孩父母获知，惊恐害怕，不准他们来往，甚至以死要挟……另一位女孩在交往接触中发现他鼻孔多次淌血，便心生疑虑，怀疑他的健康，最后两人关系不了了之。

　　校长问起刘星的家境状况。刘老师回答，经济条件很普通，刘星在汽修厂当修理工，父亲在一家私营企业打工，母亲闲散在家。不过，他有个风光的舅舅，在日鑫化纤厂担任副总经理。校长听后心里陡地豁亮，精神为之一振。日鑫化纤厂是寺北镇一家年销售几十亿的骨干企业，老总沈国良是本地商会的会长，与他同是县政协委员，常一起开会碰面，关系很铁。校长想，请沈国良出面说服麾下的刘星舅舅，参与调解此事，岂不事半功倍？

隔日下午，校长亲自驾车，去日鑫化纤厂接上舅舅，驶去刘星家。刘星居住的丰硕家园，是一处安居房小区。他家住 6 楼，装潢简陋，室内只有沙发、电视机、木床等清汤寡水的几件家什。

天上老鹰大，地上舅舅大。今日舅舅大驾光临，全家人笑脸相迎，待他似众星捧月。

舅舅见了刘星，斜睨着眼，朝他劈头一句："小赤佬，长本事了，去学校闹事了？！"

刘星抖抖索索，支支吾吾。他父母见状，不吱声，难堪地站着。

一旁的老太太听了舅舅的话，心里不顺，憋屈地说道："怎么说成是闹事！老师打人，难道是应该的？"

"多少年的老皇历了，还翻出来？他就是被你们宠坏的。"

老太太气鼓鼓，眨巴着眼，没了声气。

"不准再去无理取闹！青竹竿掏茅坑，只会越掏越臭。小赤佬也老大不小了，准备一辈子打光棍？！"

　　舅舅的话像一把明晃晃的匕首扎在一家人的心脏上，他们都感觉到了疼，那是一种尖利的疼，也是一种深沉的疼，疼得无法喊叫，无颜言说，像哑巴吃了黄连直往肚里吞。一家人哑口无言，脸上辣豁辣豁地烫……过了很久，刘星的母亲半是答应舅舅，半是代表刘星表态说："晓得了，晓得了。不闹，不去闹了!"

　　刘星坐在阳台上，嘴里咻咻吸着烟。案几的烟缸内，一支还没掐死的烟头正冒着一丝青烟。他伸手捉住，用力死死一摁，灭了。他久久盯望着烟缸，那些烟头长短不一，横七竖八，有的倒插，有的斜躺，有的平躺。他盯看着，心里在傻笑，它们仿佛一个一个的人、一个一个的人生。有几个烟头挺长的，只吸了几口。他痛惜，捡它们在一旁，准备等会点燃再吸……他立起身，依偎在窗台，遥望对面楼屋，各家灯火通明。依稀可见，有几家厨房冒出热气正在做饭，有几家围坐餐厅正在用膳。他曾有一个心念，购买一架俄罗斯高倍望远镜，闯入对面的私密领地，窥视他们的狂喜或呻吟，以观照自身摇摆不定的内心。不知为何，这一愿望总是落空，迟迟没有实现……曾经，舅舅是多么和蔼可亲，他常搂抱住儿时的自己，欢笑声时常充斥耳边。朦朦胧胧里觉得舅舅是巨人般的存在，家里遇困难，他总出手相助。中考时自己成绩一塌糊涂，他帮助联系进了职校。职校毕业后，舅舅安排他去自己的企业工作，但他对那儿的工作没兴趣，不上心，吊儿郎当。舅舅怕产生坏影响，重新安排他去了汽车修理厂……自那次打架后，舅舅的态度变了，脸上总露出铁板似的冰冷与威严。在职校，他就读的是汽车修理专业。那时，他着魔似的暗恋上班级里的她。她小嘴，大眼，文静贤淑，微笑时露出两个小酒窝，即使她蹙眉发火也如此可爱，惹人欢喜。听说，她被隔壁班两个男生骚扰，他立地催生出侠骨柔情英雄救美之心，他内心起誓要用自己的臂膀去庇护她、呵护她。那晚在回宿舍的路上，两个男生拦住她，要她陪同一起去吃夜宵。她不情愿，三人开始推搡拉扯。见此情景，尾随后边的他冲上前，高声与他们论理，没说上几句便扭打起来。他出手迅捷，挥舞拳脚，将其中一个鼻梁骨打断。事情闹到派出所，处理结果，他赔偿医药费营养费，并行拘十五天……那日下午，儿时的两个伙伴来汽车修理厂找他叙聊玩耍。临别时，他热情邀他们去家啜酒。酒至一半，他的鼻子又滴起血来，他边用棉球堵住，边抱怨道："该死的破鼻子，一遇上干燥天，或感冒上火，便发作流血。"于是三人共同被勾起了那次他挨打的记忆。不知为何他们起劲地撺掇他，去学校讨要说法。一旁的奶奶首次听闻，愤激不已。一向不依不饶、不占便宜不罢休的她，也纵容他，提出要陪他一起去……他反复咀嚼着肖老师年轻时的容貌，像老牛反刍般地回忆……哎，眼下的她老了许多，不见了先前灿烂的笑容，眼角布上了波浪似的鱼尾纹……

　　刘星来校的前几天，肖红向教育局递交了申报小学高级教师职称的材料，学校同时申报的有三位老师。近日教育局接到匿名信，举报肖红的。说她师德有问题，平时经常殴打体罚班级学生，新近还有学生家长来校告状、问责，她不适宜参评高级职称。此事一经传开，老师间议论纷纷。有的说，肖老师评定职称的事没戏了，肯定要泡汤；有人认为，公义自在人心，相信组织会有公正的处理；有的对此不屑，认为老师间本来内卷严重，现在升级成内斗，背后施放暗箭者实在无良、缺德……消息进了肖红的耳朵，无异于雪上加霜。白天她变得神志恍惚、怔怔忡忡，虚坐着，眼神发呆，走路恹恹，上课语无伦次，心不在焉。晚上躺着，满脑子虚妄的念头，一会出现刘星和奶奶拽住她论理的情景，一会浮现老师们叽叽喳喳交头接耳的场景……肖红由丈夫黄敦陪同，去看心理医生。医生听闻肖红的介绍，诊断为抑郁症复发，因精神受强烈刺激引起。医生建议服药、休息，或外出旅游，散散心，并为她开了 10 天的休息证明……黄敦去学校，将请假单交由校长，并对他说：肖红遭遇侮辱性的话语，精神受极大伤害，情绪不稳，必须让刘星当面道歉，并保证日后不再寻衅滋事。同时他责怪校方管理不严，门卫怎么能准许外人随意出入？要是肖红有什么事，校方必须承担所有责任……校长让黄敦转告肖老师：职称评定之事学校会向教育局澄清事实，相信上级领导会秉公办事；她的课务已做妥善安排，让她在家静心休养，希望早日康复。至于为何放人入校，校长解释，校园不是涉密单位，有事者皆可进入，没理由拒绝，云云……

校长双手托腮坐桌前，陷入了沉思。开学至今校园事件频发，他捋理头绪，想，究竟是凑巧、偶然，还是必然？是管理上有疏漏，工作中存在问题？他一时找不出答案。莫非，校园搞基建破土动了风水？该不该私下请个算命先生，勘探一下校园风水……先是六年级的一个男生，仗着臂力大手劲足，与班里男生逐个掰手腕，拗手劲。他力压众人，名噪全班。后来他在校园像摆擂台一样寻找对手。不料，遇到劲敌。对手也是六年级的男生，他非但拗不过，还当场被对方攥得嗷嗷乱叫，回家后还是叫疼不已。父母带他去医院做 X 光检查，诊断结果为手腕粉碎性骨折。于是他父母来学校吵闹，要求学校承担责任，赔偿医药费、营养费。为处理这事，校长忙乎了好几个礼拜。不久前摊上的事更大、更麻烦！五年级的电脑课上，一顽劣的男生大声嚷嚷。老师设法阻止他，他依旧我行我素。老师无奈，斥责他，让他离开教室。他冲出教室，爬上走廊栏杆，做出跳楼状。老师慌忙奔跑过去，将他死死拽住，然后拖回教室。老师重返讲台时，脸色蜡黄，神色显得十分痛苦。几分钟后那老师头一歪，嘭地倒在地上。学生唤来校医，将他送往镇医院抢救。到医院时，心脏已停止跳动。原来老师患有心脏疾病……在善后处理中，家属提出，他倒在讲台上，必须享受因公牺牲的待遇……为这事校长多方奔波，耗了几个月……而眼下的事又起波澜，他感觉如在玩童年的跷跷板，一方摁下去，一方又跷起来。他琢磨，得亲自与肖红推心置腹聊一聊，让她卸下包袱，释放纠结。但又似觉不妥，平时与她交流甚少，只身前往似乎突兀生疏；一旦谈崩，便成死局僵局，没了回旋的空间。倏地脑海里跳出一人，倪海燕，肖红的同事、好闺密，平日里她俩形影不离，常一同散步，一同吃午饭，一同上厕所……对，请她先行开导疏通，静观事态发展。

倪海燕提了水果，捧了鲜花，奉命来到肖红家。才几天时间，肖红一下子消瘦许多，脸色蜡黄，凹陷的大眼空洞，黯淡。见面的刹那，她眼里闪过一丝亮光，但即刻噗地熄灭。

"谢谢你，来看我。带啥礼物，跟我还客气？"

"伴手礼，不值钱的。身体好些了吗？"

肖红没有回答倪老师，反而发问："老师们背后如何议论？"

"老师和学生都认为，你没错！事情过了十多年，还来胡搅蛮缠，简直是荒唐，无理取闹！"

"真的？！"肖红听后，长长地舒一口气，绷紧的神经似乎放松不少。

"校长说了，职称的事你别放心上，你工作勤勉，是区的教学能手，又是优秀班主任，多次荣获市级、县级荣誉，学校一定会为你去争取的。"

"嗯，谢谢学校理解、支持。"肖红的脸不经意掠过一丝笑意。

"刘星家已表态，不再来闹了。"

"嗯。知道了，校长告诉的。"

"你别多想，在家好好静养，一切都会好起来的。"

"我主要是心里气不过，他骂得多难听，什么不得好死，什么断子绝孙……黄敦听闻后，火冒三丈，他也咽不下这口气。"

"黄敦那里你多开导劝说，别多计较，刘星毕竟是我们的学生。"

校长听了倪老师的汇报，觉得事态正向好发展。旁敲侧击、迂回战是他处理事情的风格。这次又显灵，他不免心生喜悦。但事情没有最后了结，丝毫不能马虎，得趁热打铁，摁住两头，不让任何一头跷起来。一旦起反复，处理将会更棘手、更难缠。

他微信联系了刘星，郑重告知他，肖老师被气得生病，卧床在家，不吃不喝……让他抽空去看望、安慰。

刘星读到微信，心一下子悬起来，慌忙回应校长："嗯，校长，知道了。"并附上一个悲伤的表情。

刘星觉得挺为难。单人前往去见肖老师，既害怕，又没胆气，更拉不下面子。找人陪同去，和谁，似乎也没合适的人选。他踌躇、纠结……

想了好长久，他还是发微信向校长求助："校长，你好。能否把肖老师的微信推给我，我想和肖老师先在手机上沟通，聊聊。"

沉默一会，校长回信息，说："好的。马上推给你。"

刘星将信息发给肖老师。他盯着手机屏幕许久，没有回音。继续发，连发数遍，但都杳无音信。他有些失望、气馁。

无奈，他只得微信告知校长："我发了几次消息，肖老师都不愿加。"

校长回话说："不急，我给她通个电话。"

数分钟后，校长发来信息："她已经同意了。"

看见肖红的微信，刘星显得十分激动。他麻利地在手机屏幕上书写起来，将深藏在心里长久的话，一股脑儿向肖老师倾泻。

"肖老师，我是刘星。向您道歉，学生对不住您，让您委屈、受惊……

"肖老师，我清楚记得您给我们五（1）班上的第一堂课。那天您穿着淡红色的连衣裙、白色的袜子、橘红色的皮鞋；白净的皮肤衬托着您的小嘴，清澈的大眼，微笑时露出浅浅的小酒窝。您全身洋溢出青春的活力和气息。说出来不怕您笑，从那一刻起，我就喜欢上您，内心视您为自己的亲姐姐、亲妈妈。我坐在课堂，捏紧拳头起誓，加油，学好数学！那时，心中只有一个愿望，学好数学，做您的好学生，为您争气，为你争光！校园里遇见您，我总是用最大的热情呼唤您，想在您心里留下好印象。可，您总是轻轻的一声'哦'，将我潦草地打发。在学校，我将最多的时间花在您的数学上。我尽力按您的要求，每次作业书写工整清楚，不出差错。回家翻开书包，首先想到的是您的数学作业。晚上睡觉，无数次梦见您，您笑吟吟地走过来，轻轻抚摸我的头，夸赞我……课堂上，我积极举手，希望您能点我名，给我发言的机会。可是您却从没正视过我，您的大眼睛总是从我身边一扫而过，然后转向您喜爱的同学。我渴望您的眼光能在我身上稍作停留，哪怕是几秒钟，我也知足啊！那次期中考试，我的数学得了第八名，我进步了，进步如此之大，我满心期待您的夸奖和表扬。但没有！您喊到我的姓名、通报我的成绩时，还是一如既往地轻描淡写。我伤心，我的心仿佛在滴血……渐渐地我开始变了，上课开小差，故意起哄，作业草率马虎，成绩直线下降。我天真地用这种方式，以期引起您的注意、您的重视……自从那次挨打以后，我的鼻子经常滴血。这次他们鼓动我去学校找您，我的内心矛盾纠结，其间也有一个念头，就是想见见分别多年的您。怪我嘴笨，不善言辞，说着说着便激动起来，情绪无法控制，将怨愤发泄……"

　　肖红一开始见到微信名为"破鼻子"的人要加她，她便猜到是刘星。看了申请文字，果真是他。她心里极不情愿，甚至生出厌恶。后来，见他态度诚恳，愿望强烈，动心起念想加他，但一想起那天他狰狞的面目，那些不堪入耳的骂语，她狠下了心……校长电话告诉她，刘星要向她做检讨，向她做解释。她想，姑且听听他的解释，他有什么理由……当读到刘星剖心剖肺的叙述、满含孩子的童真和诚挚的文字时，她走心了，她的内心一寸一寸被软化，双眼变得湿润模糊……

缺根筋

1

　　抹布在电话里告诉我，最近缺根筋发了财，他上河东街 84 号的老宅被拆迁，政府安置他一套 130 平方米的商品房，同时补偿人民币 20 万。

　　我在电话里问抹布："为啥要拆迁？"

　　抹布告诉说："为推进文明卫生创建，政府要在老街建造公共厕所。缺根筋的屋子在街梢，地块被选中。"

　　接到电话，我替缺根筋高兴，好像自己彩票中了大奖。缺根筋，这倒霉蛋，平时囊中瘪塌塌，这次天上掉馅饼，总算见了大钞票。不过，他是个倒头光，钞票能不能园好、焐热，有点悬！

　　数月后，我遇见鸡脚，他诡秘地与我说，缺根筋向他借钱，说是有急用。

　　我脱口而出说："不是刚拿了拆迁款？钞票呢？"

　　鸡脚说："部分还了债，部分买了基金。剩余的，赌光了。"

　　缺根筋真名蔡海涛。20 多年前，我和他都在寺北高中当老师。他、鸡脚、抹布，还有我，常挤在上河东街 84 号的老屋斗地主。起始一局输赢三五元，后来涨成几十元。虽不大，但当真，纵情恣意。

那次，去蔡海涛家玩牌。我先到。泊好车，打开车门，他家的黑狗像小孩子人来疯，摇晃着尾巴，呼哧呼哧蹿到脚跟来迎接。踏进家门，但见客厅地砖上一坨猫屎，煤球灰遮掩着。我皱眉蹙鼻。他动作麻利，用笤帚畚箕快速地清除。完毕，他脸上乐呵呵。不大的空间里，狗、猫的毛丝在摇曳飘游。一会儿身上很快粘满毛丝，仿佛是他家赐予的礼物。他家老猫已 8 岁高龄，老猫生小猫，小猫再生小猫，多的时候竟有 10 多只。小猫长大后，没主领养。他老婆菩萨心肠，舍不得扔弃，便都豢养在家里。偌大的家，像个动物园。老婆斜躺床上看连续剧，胸前抱着猫咪，嚷嚷着："囡囡、囡囡。"亲昵得发腻。一次夫妻俩吵架，缺根筋发泄心中的怨气，拎起脚边的猫咪，狠狠摔到砖地上，猫咪一命呜呼。我正告他："猫有九条命，要讨命咯。"他听后，表情凝固，像赌输了钱，样子特难看。

我刚落座，他搬出一套玻璃球似的器具，朝我显摆。

我好奇，问他："什么鸟玩意？"

他喜滋滋地说："刮痧拔罐用的。来，把上衣脱光，我给你拔。"

话没完，他已开始替我脱衣服。他将润肤油涂到我肩背，把十多个玻璃球倒吸在我肩头、后背。他边做，边鹦鹉学舌讲解：

风、寒、湿气侵入体内，久坐的人会瘀阻瘀血，导致肌肉板结，筋脉不通，疼痛难过。通过拔罐，瘀阻的地方出痧，排出体内的毒素、垃圾，疼痛便消失，人就轻松起来。

他问我："舒服吗？"

我硬挢挢地回答："不舒服。疼，疼得厉害！"

一会儿，鸡脚推门而入。他凑过来一看，呼叫道："黑，墨黜黑！"

我的皮肉在抽紧，疼痛一阵阵袭来。我大呼："吃不消、吃不消。取走，快点！"

缺根筋将玻璃瓶一个个褪下。咣当，一个玻璃瓶掉落砖地，几成齑粉。他赶忙拿来笤帚畚箕，扫除碎玻璃。

他用干毛巾按在我肩背上，轻轻擦拭。见拔罐处布满乌紫的水泡，他红着脸，尴尬地说："不好意思，初次经验不足，劲道太猛。"

我骂他："你真缺德。当我试验品！"

鸡脚讥嘲我："你真傻，他的话都信？！"

不一会，抹布挺着胸，大摇大摆，破门而入。问清事委，他阴阳怪气地对缺根筋说："你是半瓶子醋，猪头肉三不精。"

缺根筋涎着脸说："最近参加了中医培训班，学到许多针灸、艾熏、拔罐的知识。"

抹布鼻孔里哼一声，不怀好意地问："你学中医了？考考你，你身上有几根筋？"

蔡海涛不屑一顾地回答："485 根。"

抹布一脸鄙薄，说："我们都是 485 根。你是 484 根，缺一根。"

"哈哈，哈哈哈。"众人恣意大笑。

那次玩牌，真爽心。我们仨不停地调侃，骂蔡海涛缺根筋，他哧哧笑，不恼不怒……从此，缺根筋成了他的代名词。

2

缺根筋身材高挑壮实，个子一米八，肌肤黝黑，像一个东北大汉。见面时，他脸上总堆满笑，似乎永远没烦恼。那时五六个青年教师，挤在一间逼仄的办公室里。课间时，彼此吹大牛，扯老空，嘻嘻哈哈，无忧无虑。

新学年，教务处安排缺根筋当班主任。接到任务，他激情高昂，发誓要干出一番成绩，让旁人看看，证明他不是吃素的。班级管理、教学业务，包括早自习、备课、上课、批改作业，他很勤谨、认真、一丝不苟。同事都知道，他没恒心，缺长劲。有人戏谑他，叫花子做三年，做官无心想（心思）。有人讥讽，兔子的尾巴长不了。果然，不出数月，他麾下的班级闹哄哄、乱糟糟，成绩一路滑坡。大会小会领导点他的名，数落他。他左耳进，右耳出，若无其事。夜晚九点，校园一片寂静，老师都回家休息。他的办公室灯火通明，他正沉浸在武侠小说的恩怨情仇中。教务主任走进去，他浑然不知。主任瞥见他桌上成堆的作业没批改，便一把夺走他手里的武侠书，严正警告他：本职工作没完成，不准看野书。

缺根筋笑呵呵，诺诺点头，脸上闪过羞愧的神色。武侠书是他从学生手里没收的。他知道，教务主任也钟爱武侠书。

他一度对烹饪倾注热情和兴致。熟人的婚丧喜事，同事的家宴，他主动担起厨子的大任，胸前挂个衣兜，两只手臂套着花色的袖管，嘴里叼着烟，耳旁夹一支。配菜、切菜、烹菜，他指挥自如，动作娴熟麻利，一副大厨的做派。宴席结束，他领了赏钱和香烟，屁颠屁颠回到办公室，嘚瑟地掏烟散发给同事，并炫耀起掌勺技艺。隆冬时节，天刚拂晓。他开着小毛驴（电动车），从食品市场买回牛鞭、牛骨髓、牛蹄等，浸泡水里，满满一大盆。他将它们洗净、沥清、断块，置入锅子炖、笃、煨。夜已深沉，他一会儿跷起二郎腿看电视，一会儿跑进厨房察看炉子上的菜肴。第二天，他叫上鸡脚、抹布，还有我，去品尝他的作品。桌上荤素搭配，满满一桌。最抢手的是牛鞭汤、牛骨髓汤，稠黏黏的膏汁，油而不腻，味鲜而有质感。他不停地给我们搛菜，还像煞有介事地说："脂膏营养价值高。冬天进补，长力气，春日里来可打虎。"

酒足饭饱，便开局，斗地主。缺根筋口袋瘪塌塌，手头不宽裕。我拉他至一旁，悄悄提醒他："谨慎点。别骚做。麻将不能抛，地主不要骚做。"

他大大咧咧，扯开嗓门吼："哪个怕哪个，日下×来看卵。"

第一局，缺根筋做地主，首抓花。他嗑着瓜子，磨磨蹭蹭理牌，就是不出牌。

我催他："快点，出牌。"

他却说："急啥？"

鸡脚将桌上瓜子撸到方凳上，呛他一句："别吃了，瓜子已发霉，黄曲霉素多。多吃会诱发癌症。"

原来缺根筋私下在做生意。他去学校旁的炒货厂批发一麻袋瓜子。晚上到隔壁乡镇的电影院门口叫卖。吆喝半天，却无人光顾。电影开场，他干脆买一张电影票，进了剧院。看的是老片子《早春二月》。留下的一麻袋瓜子，日后与大家分享。

缺根筋咕噜一句："晚爷（继父）的拳头早晚一顿。"说话的同时扔出6张牌，三个3三个4。鸡脚没看清，稀里糊涂跟出五张牌，三个6拖一对3。

缺根筋立地竖眉瞪眼，怒呛鸡脚一句："你四只眼，看看清。你啥时候戴上了眼镜，老婆到手了？"

鸡脚长相一般，两只脚特别细、特别长，像竹竿，走路摇晃，缺少男子汉的威武。女朋友嫌鄙他相貌丑，不好意思说出口，只说她不喜欢戴眼镜的男人。为讨女朋友稀罕，一段时间他竟脱下眼镜去上班……功夫不负有心人，最终将女朋友追到手。现在他重新戴上眼镜。

那局牌，缺根筋赢了，我和鸡脚各自扔他5元钱。

抹布没付，说："四局后结账。"

缺根筋不依不饶说道："水老鸭日×，卵卵清。"

面对缺根筋咄咄逼人的气势，抹布涨红着脸，乖乖掏钱付账。

3

缺根筋向岳父、小舅子借款几千元，买回一辆嘉陵摩托车。放学后，他驾上摩托车，呜呜呜风雨无阻赶往火车站，接送客人。火车站距离寺北街18里路，地处偏僻，没有公交车。夜晚6点到8点，有三趟列车停靠。他候守着。火车进站，他上前招徕生意，送客人回家，少则5元，多则10元。他曾接到一位客户，直接喊他蔡老师。客户出手大方，付他20元，还送他一包外地的土特产。真是天上掉馅饼！他心里纳闷，觉得与客户似曾相识。苦思冥想长久，终于忆起学校开家长会时见过他。他是学生家长，儿子在缺根筋班上。

　　那天晚上，鸡脚、抹布与我凑在一起聊天。不久，鸡脚感觉索然、厌气，便提议去找缺根筋。三人踏着青石路，晃荡晃荡，穿过一条街，来到上河东街 84 号。他的摩托车在门口，大门关得紧腾腾。敲门、呼叫，只有猫和狗的动静。抹布操起手机拨他电话，一串长音，没人接。鸡脚再打，还是无人接。

　　我猜测说："他准在北面的村子里玩牌。"

　　鸡脚说："怎么可能。"

　　我说："他很吃粗。只要是牌局，来者不拒。"

　　鸡脚不信。我与他打赌。

　　鸡脚说："赌什么？"

　　我说："一盒中华烟。"

　　鸡脚同意，让抹布做中人。

　　村庄并不远，向北几百米就到。第二户人家客堂内，灯光亮堂，人声嘈杂。噼里啪啦，齐崭崭摆着两桌麻将。一眼瞥见，里面的桌上缺根筋正襟危坐，一眼不眨在审牌。老婆在旁观战。他对面坐着一女子，穿着洋气，浓妆艳抹，嘴边衔着一支烟，白烟袅袅。对我们的突然造访，他显得别扭、尴尬，面孔涨得通红，眼神不时瞟向对面的女子。一局牌结束，他站起身，让老婆顶上。自己像犯错的学生，乖乖随我们走。

　　一路上，三人齐开火，你一句，我一句，拿他是问。

"你是教师，怎么不注意身份？"

"村里有孩子在学校念书。学生得知老师经常在赌桌，什么感觉，什么影响？"

"缺根筋，你看对面女子的眼神不对，肯定有暗黜黜的关系。"

提到女子，缺根筋着了慌，解释不迭，说："刚认识的。没任何瓜葛。绝对没有。"前些日子，他拿出一万元入村里的"会"。入会者每年拿出一笔钱，存在会长那里，谁急用谁取钱使。那女子也参会，彼此就认得。

我讥笑他，入会是旧俗，现在已落伍。钱存银行，可生利息。眼下投资渠道广，何必去入会？他不语，傻笑着。

进他家门，鸡脚将提在手里半天的一双新皮鞋扔给他，说："刚买的，鞋太大，不合脚。你试试。"

他不客气，高兴地收下。他穿上新皮鞋，随手将旧鞋扔进垃圾桶，摇晃着身子，迈几步，尺寸匹配。便说："蛮好，蛮好。我正需要。上次你欠我的300元赌资，免了，两清。哈哈哈。"他笑得前仰后合。

缺根筋赶忙烧水、沏茶。随后从抽屉里掏出扑克牌，摔到桌面，呼喊："开局！"

四人边抓牌，边逗话。

抹布问他："最近麻将手气如何？"

他牵牵身子，咧开嘴笑，炫耀道："几场麻将，赢了近一万。"

我批评他："输赢忒大。小赌怡情，豪赌伤筋骨。"

他指指身上笔挺的西装、桌上的电脑，嗫嚅地说道："这些都是赢来的。"

鸡脚忍不住，骂道："你钞票从不过夜，喜欢过赤脚地皮光、风扫地月点灯的日脚。"

他反驳说："怎么快活，怎么活！"

我撩他伤疤，说："赢钱的时光，要想想输钱的时光。你忘了，缺钱时瞒着老婆将住房公积金卡上的二万元套现，去还赌债？"

说话间，亮牌落到抹布手里，他二话不说将底牌撸到自己身边。

缺根筋似乎被激怒，瓮声瓮气地说："不要闲话白嚼蛆，出好你们的牌。人家首抓花……"

玩牌结束，我竟忘记向鸡脚索讨输我的一包烟。过几天问他要，他赖皮，不认账，说："过期作废！"

4

缺根筋和老婆冷战。人不理，狗不睬。有一阵，老婆干脆不回家，吃住在旅馆。抹布得知，约我和鸡脚去做他老婆工作，劝他俩和好。

找到缺根筋，问他吵架的原因。

他支支吾吾，嗫嚅道："呒啥事体。"

鸡脚板着脸，训斥道："呒啥事体，老婆无事端端会撒走？准是你输钱，欠了赌债！"

他咕嘟道："没有。"

抹布穷追不放，斥问："没欠债？那你肯定起花心，外面染上女人。是不是上次桌上的那个？"

他垂头丧气，不吱声。

见他心虚，我质问："你总得给个理由。否则，我们怎么做你老婆的思想。"

他再也囤不住，喏喏说："是，那个女人。"

其实他们早已搭上。那女人离过婚，孩子在缺根筋班里。没课的空隙，缺根筋常去女人处幽会。最终被老婆逮住，大吵大闹，动起干戈。

我问他："那女的带着一个男孩。你自己儿子马上要高考。你真要与她过一辈子？你想想通，拎拎清。"

缺根筋不犹豫，爽快回答道："不离。和老婆过。"

鸡脚严肃说道："那你必须向老婆认错，保证悔改。"

缺根筋憋着喉咙，挤出一个字："嗯。"

在寺北旅馆 306 房间，我们找到他老婆。打开房门，弥漫出一股浓浓的方便面味道。她穿着睡衣，斜卧在床上，眼睛肿得像金鱼的眼泡。

缺根筋狼狈地走到床前，脸涨得通红，对她说："老婆，我错了。今后看我的行动。"

老婆白他一眼，呛他："你哪能错。你永远正确。"

抹布说："不行。必须约法三章，白纸黑字写下来。"

你一言我一语，大家集体讨论，形成书面意见：缺根筋必须彻底斩断与那女人的关系，女人的儿子调离他班级；从此他不准踏入村庄打麻将。女人儿子调离班级的事让抹布去搞定。

夫妻俩同意，签字画押。妻子板结的脸松下来，露出尴尬的笑意，提着行李去吧台结账，随我们回家……

那年暴发蓝藻，发生水危机。自来水发出臭味，不能饮用与洗澡。缺根筋打来电话，说隔壁乡镇的自来水取自长江，可以用。他去宾馆开个房，一起洗个澡，顺便玩玩牌。

抹布开车带我们去邻镇。我们抵达时，缺根筋已候在宾馆。三人轮流进入浴间，哗啦哗啦，痛痛快快，沏个舒心浴。

我们跷起拇指，夸赞他："脑子活络，办法多。"

缺根筋将床头柜搬到两张床中间，嚷呼着："开战、开战。"

我和抹布坐凳子，鸡脚和他坐床沿。

缺根筋边抓牌，边说："蓝藻有毒素，以后自来水不能直接饮用。我的一位朋友在做净水机生意，一台3500元。你们各家买一台?"

鸡脚似乎听出画外音,直接发问他:"是不是你自己在卖?"

他吞吞吐吐,欲言又止。

抹布将他军,说道:"如果你做,我们每人购一台。"

我和鸡脚附和,赞成。

缺根筋红着脸,说:"是咯。我批发来的。给你们每台优惠300元。"

鸡脚呵斥他:"你学习了。请我们汆浴,摆的是鸿门宴。"

我问他:"进了多少货?"

他说:"20台。"

我惊诧,道:"乖,这么多!你真贪,脱不了手怎么办?"

他嗔怒道:"乌鸦嘴。还没开张,尽说丧气话。"

缺根筋手里的牌特别臭,烂泥糊不上墙。深夜12点,打牌结束。我们仨都赢钱,唯独他输钱,一千多。

临出门,缺根筋自嘲说:"赌场上失意,商场上得意。"

抹布睃睃他,诡谲地笑道:"你是情场得意,赌场失意。"

哈哈哈,四人抒怀畅笑。

第二天。缺根筋送来一台净水机,我付他3200元。他说:"谢谢兄弟支持。过两天,请你喝老酒。我得去送货,再见。"

缺根筋到处推销。他手里持一套简易的电解棒,不断向客户示范。电解棒插进一杯自来水中,接通电源,杯中立地泛出一层绿油油的脏污。净化后的水透明如初，没杂质。演示结束，他便大谈生意经，推销他的机器。

待到水危机结束，缺根筋还剩 15 台净水机，房间、卫生间、客堂间堆满净水机。他自我解嘲："老百姓卫生意识差。一旦有了认识，产品自然有销路咯。"

春节临近，净水机还躺在家里。他与老婆商量，搁置着是浪费，不如送一台给岳父家，其余全捐赠给学校，让师生吃上干净水。老婆同意。于是 14 台净水机统统捐赠给寺北高中。

5

儿子高考结束。缺根筋驾驶摩托车，去学校接儿子。跨出校门时，儿子扯扯他衣服，闪烁其词说："爸爸，还有些账，没结清。"

"什么账？"

"我们毕业班放课晚，去食堂用餐时经常没菜肴。我就去校外的饮食店，炒几道菜，烧个汤，账都挂着。"

"有多少？"

"大概一二千。"

儿子领着缺根筋去了饭店。老板出示账单，白纸黑字签着儿子的大名。缺根筋虚瞟一眼，像阔绰的大老板，爽快地数钱付账。转身对儿子说："怎么不早说。"

他扬扬自得，将此事描绘给我们。抹布听后，不温不火，说："你儿子脑瓜子忒灵活。将来要么楼上楼，要么楼下搬砖头。"

他踌躇满志，自豪地说："会用钱，才会赚钱！"

儿子上的是大专。上学不久，儿子告诉缺根筋，课余时间在超市当收银员，打钟点工。缺根筋喜不自胜，说儿子年纪轻轻学会赚钞票，将来准有大出息。

儿子发来短信："爸爸，我在超市收到两张 100 元的假币，要赔偿。能否汇我 200 元。"

缺根筋收到信息，即刻转账 200 元。

隔几日，儿子又来短信："爸爸，我挤公共汽车，手机摔地上，死机了。要买新手机。请支持 800 元。"

缺根筋二话没说，立地给儿子转去 800 元。

老婆看不惯，反对他纵容儿子，事事顺着儿子，埋怨他："儿子花钱大手大脚，都让你惯坏。"

他呵斥老婆："婊子日的，好像儿子不是你亲生的！"

有一次，我们聚在缺根筋家玩牌。赌桌上，无意问及他儿子。

他眉飞色舞，说儿子在学校附近与同学合伙，共同注册一家公司，前景可期。"他肯定比我有出息。"

抹布好言相劝，说："什么季节开什么花。大学时代，应该以念书、学业为重。小时了了，大未必佳。"

缺根筋不以为然，辩解道："他自小有经商的天分。现在练的是童子功。"

我冷不丁刺他："癞痢头儿子，自家的好。"

鸡脚挖苦他："莫非他有你的遗传?"

"咕嘟"一声，他喉咙咽口唾水，面含愠色，回敬一句："出好你们的牌。狗捉老鼠!"

大家沉默不吭声，怕伤了和气。

过些天，儿子告诉他，公司要打印宣传材料，急需一台电脑。他闻后，急吼吼凑钱。怕买迟了，耽搁儿子的生意。

我实在看不惯，对他建议说："打印材料只需用旧电脑，不必置新的。"

他回答："电脑迟早要买的。迟买不如早买。"

第二天，他去梦之岛电脑城。花6000元，购回一款崭新的手提电脑。他通知儿子，电脑已买好，回家来取。

不久，儿子的班主任来电，说儿子没交学费，常逃课、旷课，躺在宿舍睡大觉。他慌了，急急赶到学校。手提电脑不见了，学费花得一分不剩，他追问儿子，电脑去哪里了? 钱如何花的? 儿子一脸苦相，死活不出声。估计，电脑被他卖了。

缺根筋追问儿子："还要不要上学?"

儿子说："要的。"

缺根筋找到班主任，为儿子续上拖欠的学费。踏上汽车，悻悻而返。

获悉他儿子的种种，我们觉得事态很严重。借着斗地主的机会，七嘴八舌开批斗会，上足火力，狠狠训斥他。

"子不教父之过。你对孩子纵容祖护，是溺爱，是养痈遗患。"

"可以醒醒了。别再做发财梦。"

"你儿子只要肯吃苦，踏实干活，毕业后基本的生活还是能维持的。你夫妇俩都有劳保，晚年生活有保障。要是儿子好吃懒做，沾染恶习，日后用刀尖顶着你，逼你要钱。你的晚年生活将会怎样凄凉和悲惨？"

缺根筋眨巴着眼睛听，一言不发，脸上表情凝固，像输了钱欠债似的。

"唧唧，唧唧。"缺根筋的手机短信响了。是他儿子发来的。短信说："爸爸，我去扬州旅游，钱都用完，帮我往卡里打200元。"

"怎么去，怎么回，自己想办法！"

短信将他心中的火腾地点燃。这次他拒绝儿子干脆利落。

不久，杭州市公安局来电找缺根筋，说他儿子在收容所，要他去认领。他听后，气得七窍生烟。电话里回答说："知道了。"

随即摁掉手机，不予理睬。他老婆心软，赶忙打的，直奔火车站，坐上去杭州的列车，去认领儿子。原来儿子去杭州旅游，游山玩水，钞票花光，没钱买车票，只得投奔收容所。

　　面对儿子四处晃荡，一天天荒废学业，践踏时光。缺根筋懊恼、难过，仿佛手里抓得一副好牌，结果打成一副烂牌。经几日几夜思索，他终于咬咬牙，痛下决心，长途跋涉赶到学校，去教务处办理退学手续。

6

　　周末，春风沉醉的晚上。缺根筋又邀大家去玩牌。

　　我说："你从没有消停的日子，不能歇歇？"

　　他说："猪嘛一堆柴，人嘛一副牌。"

　　桌上，亮牌落入抹布手中。他伸出右手，画出一个漂亮的弧形，毫不迟疑将八张底牌撸到自己跟前。缺根筋模仿他，做出用抹布抹桌子的动作，样子挺夸张。我、鸡脚，哧哧笑，知道他在嘲讽抹布。

　　抹布白一眼，冲他一句："我愿意。你有啥意见？"

　　缺根筋呵呵笑，说道："抓到亮牌，你走过路过从不放过，什么牌都可以做地主。"

抹布反唇相讥，说："我缺根筋!"

缺根筋不买账，说："你是死猪不怕开水烫。"

缺根筋起身去厨房，抱来一袋花生，与大家分享。斗室里充溢花生的香味。

我咀嚼着花生，拿腔捏调说："王子吃香食。"

鸡脚脸上显出沧桑感，感喟道："长生果香，呒不（没有）铜钿僵。"

那副牌，缺根筋钻网，出一把顺顺勾结抹布。一局好牌被搅黄，抹布获胜。

鸡脚怨气冲天，骂道："你脑壳搭铁，出的啥混账牌。你拔根卵毛吊死在树上。"

缺根筋红了脸，赶紧做检讨："不好意思，出错了。"

缺根筋喉咙不停打嗝。听着打嗝声，感觉好像鱼刺鲠喉间，难过。他解释，胃里不舒服，吃了东西滞胀、打噎、恶心。他从口袋挖出一颗奥美拉唑药丸，以茶代水，咕嘟咽下。

我指责他："你本来胃不好，还喜欢瓜子、花生、黄豆等食品。不消化。"

鸡脚提醒他："你咯老胃病，赶快去做肠胃镜。"

抹布说："人民医院做胃镜的医生老马，本事挺大，是我中学同学。要不要替你联系?"

缺根筋应诺："嗯，好咯。"

抹布提起手机，联系上老马。约定下周三，看老马的门诊。

周三时，缺根筋找到了老马。老马诊断的结果是，他胃上有肿瘤，必须马上切除。

手术当天，我们仨去医院探望。缺根筋老婆见了我们，红着眼说："手术很顺利。切片结果，情况很严重。"

病床上，缺根筋插满管子，表情很痛苦。望着他苍白的脸，大家心情都沉重、难过。

他老婆附耳对他细语："你朋友来看你。"

他微微睁眼，吃力地点点头。

我凑上前，轻轻问："疼不疼？"

他摇摇头，脸上挤出笑意。笑的刹那，闪过一丝痛楚……

水老虫

1

　　空气里漫腾着一撮一撮的雾霭，时隐时现，飘忽不定。冷清的街市，清洁工挥舞着笤帚在洒扫路面；大饼油条店最先敞门，开始点火升炉准备生意；三两农妇手里挽着竹篮，脚步匆匆来赶集市……寺北街渐渐露出它灰白的轮廓。

　　水老虫两手各提一桶柴油，迈开沉沉的步子，走在坚硬的青石路上。妻子杏芬紧随其后，一手牵着五岁的男孩，一手提竹篮。竹篮内放着淘好的米、几把蔬菜、半碗腌菜。男孩睡意蒙眬，垂着眼皮，嘴巴不停嘟囔，他的鞋子不停去踩他娘的脚后跟。

　　水老虫，真名叫姚露，幼时长得尖头尖脑，眼小如豆，身体消瘦矮小。从小随爹娘生活在船上，风吹日晒，皮肤黧黑，蜷身躺在船舱，活脱脱像一只水老鼠。土话里，老鼠喊老虫，周边人就赐他外号——水老虫。

　　三人来到北边的河滩。水老虫将油桶放在石阶上，一个蹲身起跳，登上岸边的木船。他从船舱抱起跳板，搁在船与石阶间。

待妻子携男孩小心翼翼跨过跳板，他拎起油桶，一步一晃上了船。

杏芬手脚伶俐，从河里舀水，与生米一起置入铁锅，再引燃行灶里的稻草、木爿，然后偎守灶旁，不断推柴进膛，煮烧早粥。

水老虫解开船缆，走到船尾，左手握紧橹绳，右手来回推拉橹桨。欸乃欸乃，清冽的橹声在水中回响。船徐徐行进，橹桨犁出的浪花，向后渐行渐去。江南的四月，东风拂吹，夹杂丝丝凉意。两岸树枝绽出新芽，黝黑的泥地冒出一丛一丛嫩草，油汪水亮，惹人欢喜。春江水暖鸭先知，对常年漂泊船上的水老虫家，这句话实在最贴切不过。

前些天几个农户通知水老虫，准备戽水，落谷下田。他翻阅皇历，今天是黄道吉日，诸事皆宜，百无禁忌。五点左右，他开始起床忙碌，点烛、焚香，然后向祖宗虔诚跪拜，叩三个响头，心里默默祈祷，保佑人船平安，戽水顺利。

第一站是黄泥降村，紧挨的是冷水湾村、张村、姑里村。他决定以接洽时间为准，按照先来后到的次序戽水。经验告诉他，凡事都得按规矩。去年戽水，没按时间顺序，以地域为序，结果招致预约在先的农户十分不满，他们与他争吵，闹情绪。年底收包水费时，被他们各家活生生赖掉二斗米。想起此事，他心头隐隐作痛。

　　他用缆绳固定好船体，将几节铁管拼接起来，旋紧螺丝。铁管从船头翘到沟渠像昂起的龙头，整条船像龙躯，出水口便是龙嘴。嘭嘭嘭，嘭嘭嘭，机器声响彻附近的村庄。龙嘴吐出湍急的水花，哗啦，哗啦啦，跃入水渠。

　　"洋龙船来了，洋龙船来了！"闻见响动，村里孩童高呼着，赶来凑热闹。寂寞的河岸，一时喧嘈起来。

　　见了人群，儿子姚亮神情变得兴奋、活跃、不安分。他几次想跳上岸，与村童玩耍，却被杏芬紧紧拽住。水老虫似乎通情达理，抱起他，跳上岸，将儿子往人堆一搡，说："玩一会儿，就上船。"

　　水老虫懂得孩子的心。孩时，他随父母上船。父母将他晾一旁，自顾自忙活。整日整日，抬头是天，俯首是水。仰望天空，棉花似的白云一撮撮、一堆堆，有的像雄鹰，有的像大象，有的像鸡鸭，有的像猪狗。远处飞来一群大雁，一会儿一字形排开，一会成了人字形，一会儿又成了丫字形，实在好看。云儿看腻了，便低头凝视水面。河水碧青，鱼儿自由自在游弋，一会喁喁，一会喽喋。不时，噼啪声起，鱼儿蹿出水面……村里孩子牵狗来河边耍。他跟母亲嚷嚷，船上也养一条。母亲说不行，家里不宜养狗。理由是水老虫属龙，龙狗相冲。他以为母亲小气，是为省米饭。他不懂啥叫相冲，只隐隐觉得，相冲就是犯大忌，不许违逆。初夏时，一只学飞的小麻雀跌落船头。他捧住小鸟，别提有多高兴。用饭粒喂，给水喝。可小鸟合紧嘴巴，不吃不喝。不久小鸟头一歪，合上眼，死了。饿死的。他心痛、伤心，淌着眼泪……那时他多想上岸，与村里孩子一同嬉戏。可爹娘不允。几年下来，他变得孤僻、木讷、不喜与人交往。

水老虫十七八岁时，爹娘四处为他物色姑娘。说了五六回，他都相不中，要么嫌鄙人家丑，要么说女孩长得瘦，做田活不中用。其实，他心里有人。戽水时，爹娘守船上。水老虫肩扛铁铲，在田间转悠。谁家包水的，他用铁铲掘开水口，水缓缓流入农田。田埂上发现鳝洞，他用泥土封住，避免漏水。那时，不少人家用龙骨水车，有的靠人力，有的借风力，有的凭畜力。那次在姑里村戽水。水老虫发现，一对母女脚踏水车，在车水灌田。女孩才十四五岁。春寒料峭时分，她穿着薄衣，裤管卷过膝盖，露出藕白的小腿；绯红的小嘴紧咬着，一双橄榄大眼盯住远方；双脚一起一落，奋力踩着水车。呱嗒呱嗒，踩啊踩，不知疲倦。他心里估摸，单凭母女俩的四条腿，非得踩个几日几夜。一时起了恻隐心，他挥铲挖开她家的水口，悄悄灌水进田。

田埂上，水老虫遇见女孩。日光里，她的脸汪汪一碧，贮满春色，柔声细气对他说："大哥，谢谢你，替我家放水浇地。"说完稚嫩的脸上洇出一团红晕，樱桃小嘴嚅动着，头垂得很低很低，可怜又可爱。后来他知道，女孩叫蔡杏芬，父亲死得早，母女俩相依为命。自见面的那刻起，他的心底涌出男人的神圣感、庄严感。他铁定心，要呵护、照顾眼前的女孩。以后遇到戽水灌田时，他总是悄悄地为她家铲开水口。机船抽水，河里的鱼蟹常被卷入岸上。他在沟渠口安上网兜。网到的鱼蟹，他瞒着爹娘，送部分给杏芬家，与她家分享……

爹娘摸透了水老虫的心思，央人去杏芬家提亲。几年后，爹娘为他们举办一场寺北街最热闹的婚礼。一般人家结婚，娶亲队伍走田埂，穿村庄；十多个小伙子拿着扁担麻绳，去新娘家挑运嫁妆。而水老虫娶亲，却用木船。船沿彩旗猎猎，船头船尾盛满五彩的棉被，大大小小的木桶、樟木箱。伴娘和小伙子端坐船舱，谈笑风生，风光无比。据说，杏芬家丰厚的嫁妆，都是水老虫让自己娘筹备的。他爱场面！

2

夜幕垂降。水老虫拉上儿子姚亮，钻进船舱，倒头便睡。夜里十一点刚过，他就从被窝中爬出。

他对杏芬说："你去睡吧，我来看守。"

杏芬却说："你不多睡一会儿？我还能坚持。"

女人边说，边进了船舱。

清寂的月光下，河面泛出微薄的银光；附近村庄、两岸植物都陷入茫茫的暮色中，朦朦胧胧，似有若无。眼前只有机器的轰鸣声、流水的哗哗声不知疲倦地陪伴着水老虫。

水老虫点燃桅灯，提着铁铲，脚步轻快地跃上岸。借着桅灯的黄晕，一脚深一脚浅，行走在坑洼的田埂。每晚他要去田间检查两次。哪块田水满了，他铲挖泥土，封住水口；哪块地流水不畅，他就将缺口掘得宽些，让水快速流进稻田。伫立田岸，静心谛听，流水汩汩仿如淌入心田。他感到踏实，甚至得意。这些年，他似乎对水格外倾注感情，白花花的水，就是白花花的大米、白花花的银两！这是他的饭碗、他的营生、他生命的倚赖。

水老虫爷爷辈时，家境贫寒落魄，一家人挤在一间索索破的老屋，常常是吃了上顿没下顿。父亲二十好几，还是光棍一条。当时，寺北街最阔绰的要数薛家。薛家风光显赫，长子在朝廷为官，是鼎鼎有名的外交大臣。次子、三子在浙江和安徽跑运输，生意昌隆，富甲一方。薛家老妈孤身一人，在家无人照顾。水老虫奶奶和薛家是远房亲戚，她被雇到薛家，帮助照料老人打理家务。那年春节，薛家长子一行浩浩荡荡，回到寺北街省亲。但见母亲在水老虫奶奶的悉心伺候下，饮食起居，样样称心。于是在几十间老屋中，挑选最西边的一间平屋，馈赠给水老虫奶奶。

水老虫爷爷如获珠宝，满心欢喜住进薛家赏赐的平屋。春日里，他搬来锄头铁耙、笤帚畚箕，拾掇院子，平整地面，准备栽种花草。清理土堆时，咣当、咣当，从泥堆滚出几个金属玩具。整土完毕，点数玩具，共有十几件。他端来清水，拭净玩具的泥屑。玩具露出金光，熠熠生辉。隔日，爷爷将一件藏入鞋底，悄悄去城里的金店探问。老板将玩具融化、测定，含金五成。老板告诉他，那是仿照皇帝銮驾缩小铸成的玩具。爷爷将銮驾一件一件送至城里的金店，换得大洋一千。意外之财，如天上掉下馅饼，爷爷惊喜惶恐，反复叮咛金店老板，此事不足向外人道，要他严守秘密。

穷得叮当响的父亲，正愁没钱娶老婆。爷爷花费部分大洋，给父亲添置家具、彩礼，置办婚宴，娶上老婆。剩余的钱财怎么处置？爷爷思虑再三，决定替水老虫父亲寻找一条生计。当时苏州吴江、浙江湖州一带，机船戽水十分流行，利润可观。爷爷到本地名闻江浙的泗堡桥船厂，向老板订购了一台戽水机船，耗费大米二百石。

鞭炮声声，披红挂彩。机船抵达河滩时，整个寺北街沸腾了。围观的人群像看西洋镜，挤得水泄不通。有人啧啧称赞，有人显出歆羡的眼神……坊间传说，当时街上算命的听闻此事，感喟万千，心有戚戚道："财为命中注定。命里无财，捡到黄金就变铜！"

多年后，算命的话，一语成谶。

3

风调雨顺，日子静好。

拥有戽水机船，在寺北街还是开天辟地第一回。机器戽水省力、省时，见效快，得到农户广泛认同。第一年，父亲的生意发展到近千亩。他仿照别处的收费标准，一个种植季节每亩收取包水费大米一斗，先交定钱二至三成，其余秋后算账。结算收钱时，却遭遇麻烦。几个刁蛮之人竟然赖账，不肯付钱。父亲向他们诉怨，叙说白天黑夜、风里雨里戽水的艰难、辛酸。好说歹说，终因口说无凭，无法佐证，讨不回欠账。次年，父亲吸取教训。他与每个戽水户签订契约，并邀请地方绅董做证人，在契约上画押签字。遇到纷争，请绅董出面，斡旋解决……这些往事从父亲口里获知。父亲的创业经历让年少纯粹的水老虫感受到，生活的底色由黑白构成，人性善良的反面便是丑陋；也让他早早体悟到生活的沉重、人生的艰难。

父亲的生意愈益发达，戽水面积扩展到二千多亩。白花花的钞票进账，钱袋子一天天鼓胀。父亲野心勃勃，不断开疆拓域，扩大家业。他收购十多亩水田，雇佣四五个长工、短工帮他种地；还在街上购置两间宅基地，就是现在的上河西街130号。当时，寺北街流行矮脚楼。父亲摇船去吴江，运回整船上好的木料。木梁、木柱、木椽子都用桐油漆得锃亮。新屋从动土到竣工落成，耗时整整二年。楼屋门楣器宇轩昂，室内宽敞明亮，水老虫家俨然成为街上的大户人家。

生活滋润，日子富足。父亲除了喝酒、抽烟，没其他嗜好。喝的是农户自酿的土烧酒。小时候父亲诓水老虫，说，酒是酒酿做的，甘甜可口。父亲用竹筷蘸了酒滴，塞他嘴里，让他尝吃。一抿，又苦又辣，他舌头伸伸，直摇头。呵呵呵，父亲见状，纵情畅笑。自此，水老虫见了酒，便远远躲开……父亲的烟瘾特别重，抽的是水烟，嘴边好像从没掉过烟筒。蜡黄的烟丝装在铜制的烟筒中，用洋火卷纸点燃，噗噜噜、噗噜噜，父亲沉浸在腾云驾雾中，惬意、满足。一次，父亲将烟筒递给水老虫，让他品尝。他憋气紧吸，烟筒里的苦水一下子涌入喉咙，呛得他哇哇直吐……

水老虫结婚的第二年。盛夏午后，烈日炎炎，他们在张村戽水。父亲坐船尾，一边看机，一边啜酒，从日照当头一直喝到日头西坠。一瓮头白酒下肚，人已醺醺，脸呈酡红，吐话口齿不清，舌头囫囵……他仍不肯消歇。发现酒瓮见底，令水老虫上街添酒。父命如山，水老虫提着酒瓮，晃荡晃荡向街头走去。

回船的路上，轰隆，轰隆，传来几声巨响，随后闻见大呼小叫的哭喊声。水老虫抬眼望见机船上空蹿起一股青烟。不好，出事了。他心一慌，腿脚酥软，一个趔趄，瓮头摔出老远。他跌跌踵踵，拔腿奔向戽水船。

眼前惨状令他窒息、呆愕：机船千疮百孔，遗骸漂浮水面，机器燃成一坨废铁。父亲被几个农户抱到岸上，像一具焦木，蜷躺在岸边。

事后猜测，父亲酒多了，神志不清。不慎将火星溅落船板，引燃擦船的揩布，揩布上沾着油渍。火势快速蔓延，灼烤着桶里的柴油，温度急遽升高，油桶爆炸……

4

飞来横祸，将鲜活的父亲夺走。父亲一向是水老虫心目中的主心骨，人生的精神大山。失去父亲如同丢了魂魄，他身体像死鱼一样漂浮起来，独自怔怔窝在椅子上，空洞的眼眶黯淡无光，不时唉声叹气。他进食很少，身子一天天消瘦。夜晚，噩梦连连。惊醒时分，背脊冒着冷汗。他的人生陷入茫茫的沼泽……

半年之后，他仍没步出荫翳，时光在迷迷沌沌中延伸。杏芬默默陪伴他。她知道他的心思，他心里盛满苦水。

她心平气和，开导他："姚露，父亲已去，生命无法挽回，可生活还得延续。他要是在世，肯定不愿见到你现在的模样。咱们还是从长计议，找点活干，日后东山再起！"

他恹恹蔫蔫朝她一瞥，淡淡地答道："做啥呢？"

杏芬将酝酿长久的念头告诉他："你不谙农活，但熟悉戽水，对戽水有感情。不如重操旧业吧?!"

水老虫眼里倏地闪出一簇火光，沉吟一会儿，说："戽水，好是好，只是购船支不出这么多现钱。"

妻子沉着淡定，将拿定的主意和盘托出："与船厂商量，先交部分订金，余款用家里的地契房契做抵押，以后逐年偿还。"

水老虫听闻，心犹迟疑，觉得将所有家产抵押有极大风险。但转而又想，做啥没风险，还不如趁此搏一回……

往昔的日子死水一潭。妻子劝慰的话，让他重获新生。周边世界对于他变得陌生而新奇，沉寂半年后的他又听见了身子内血液重新流淌的声音，他真的听到潴留的血液突然汩汩流动起来……

夫妻俩去了二十里外的泗堡桥船厂。船厂老板已听闻水老虫家的厄难，他清楚他们的家底，便一口应诺他们的请求。水老虫对戽水机船提出新的要求：在船上添置碾米、磨粉、榨油的设备。他准备扩展生意，在戽水的空当，摇船去村子，接做碾米、磨粉、榨油的生意。初夏时，新船运回。择日便开机运营，生意一天忙似一天。水老虫变得充盈、踏实，精气神大振。

那年，遇到虫害，农田稻禾大半枯萎。秋收时，大多人家收成减半，严重的甚至颗粒无归。有几家农户交不出水费，上门与水老虫商量，包水费能否赊欠到明年。望着农户绝望的神情，他慷慨答应，说："免掉今年的包水费。但你们得替我守住秘密，不得外传。否则，各家不付包水费，我承受不住！"

农户纷纷作揖，感激，说："谢谢，谢谢你的大恩大德！待以后我们富裕了，本金利息一起偿还。"

次年春季，青黄不接时，不少农户已经断炊。走投无路的农户纷纷上门，向水老虫家赊粮。他二话不说，吩咐手下人，开仓借粮。那年好多地方都饿死人，但寺北街附近缺粮的农民，在水老虫的帮助下都撑过了难关。

儿子姚亮到了读书的年纪。水老虫将儿子送到私塾老师家，教他识字念书。平时水老虫常与乡里绅董比照，后悔自己年少时没念书，不如他们知识渊博，因而自己成不了大事。他期望儿子日后能知书达理，出人头地。私塾老师是个老秀才，他知道水老虫有善心，崇尚礼义，便提醒他，说："祠堂东边有一块荒地，你可以买下来，造三间平屋，办一所学堂，我来当先生，让寺北街的小孩都能上学。"

水老虫曾听人讲，远近乡贤有了钱财都乐为善事，有的还开办义庄，襄助病寡孤独之人，义助穷苦孩子读书成才。自从范仲淹在苏州创办范氏义庄后，数百年间，江南大地创办义庄的热潮不减，各地乡绅礼贤纷纷仿效，办起自己的义庄。像本地的荡口华氏义庄、石塘湾的孟氏义庄、鸿声七房桥的怀海义庄等。水老虫曾暗暗发誓，待自己发达后要效仿他们，创办义庄，名字就叫姚氏义庄。而今，秀才的一席话，一下点亮了他的心灯。

两年后，一幢崭新的新屋，在祠堂边落成。每日清晨，姚氏义庄传出清朗的读书声。每次路过义庄，水老虫附在窗外，悄悄看着孩子们念书，他的脸上绽出会心知足的笑颜。

5

姚氏义庄建成一年，日本人打入江南。一时遍地狼烟，百姓生灵涂炭，哀鸿遍野……

那日，杏芬忧心忡忡，对水老虫说："街上传遍了，东洋人要进驻寺北街。"

水老虫蹙眉锁脸，低沉地答道："嗯。听说了。狗日的矮鬼子一来，恐怕生意做不成了。"

"他们都说，鬼子动不动就抢东西，杀人，放火，糟蹋妇女。"

"你没事多待船上，别上岸。少抛头露面。"

"嗯。晓得。"

没几天，日本兵一个小分队，六人，来到了寺北街，为首的叫木村。他们在乡保长的指引下，在街上转悠，寻找住所。当一行人来到姚氏义庄时，木村一眼相中了簇新的义庄，跷出拇指说："这个地方好。大大的好。"他命令乡保长通知主人水老虫，明天起小孩不许进学堂上课，将屋子让出来供他驻扎。

水老虫接到通知，无奈地望着乡保长。刚建成的义庄要被霸占，孩子们将要失学，他心里难过、疼痛。他想说不，但不敢，只得忍气吞声。六个日本兵住进了姚氏义庄。

那天上午，乡保长唤来几个壮劳力，搬来木柱、木板、绳子等，在祠堂门前空地搭建戏台。中午时分，乡保长提着铜锣游走街头，边敲锣，边高声叫喊："各位乡民，听好啦，木村小队长有令，今晚六点在祠堂前看戏，锡剧《珍珠塔》！各家老少都得参加，不得缺席。当、当、当……"

秋风频频，一阵紧过一阵。祠堂前的梧桐叶子开始脱落，不时发出簌簌的声响。晚饭后，戏台四周燃起数盏灯。灯光忽明忽暗，台下黑压压寂静一片。男女老幼忐忑不安、心神不宁枯坐着，似乎失却了先前看戏时的激动与兴奋……晚上六点钟，五个士兵荷枪实弹站立台前，眼睛不时扫视全场。小队长木村昂首挺胸，迈着赳赳步伐，走上戏台中央。他面含微笑，扯着嗓子向台下喊话。他喊一句，翻译叫嚷一句——

"各位乡亲、各位良民，大家好。奉天皇之令，大日本帝国以解放亚洲为神圣使命，不惜为亚洲流血牺牲，建立大东亚共荣圈。皇军的到来，不是要破坏你们的家园，而是要以我们先进的文明、强大的经济文化实力，帮助你们缔造一个大东亚共和国……"

看戏后的第三天。乡保长带着木村和一个士兵，带上翻译，来到水边的戽水机船上。

杏芬见后，心里咯噔一声，惊慌万分，手足无措站立船尾。水老虫慌里慌张，颤颤悠悠到船头迎接。

木村跷出拇指，夸赞水老虫，说："你的良民，大大的良民！"然后对他说，"皇军亟须运输工具，要征用你的机船为大日本帝国效力，皇军付你工钱。你的，好好考虑考虑。三天后听你答复。"

木村下完命令，吊起三角眼，朝船尾的杏芬投去一瞥。他好像发现什么，有滋有味盯看良久，脸上不时露出一丝猥琐的奸笑。

水老虫一时思维混乱，嗯嗯啊啊应答着。

鬼子走后，水老虫铁青着脸，一言不发。他和杏芬隐隐觉得，此事福少祸多。两人恓恓惶惶，商量对策。答应吧，戽水生意将荒废，对客户无法交代。不应呢，日本人肯定不会轻易放过，全家恐将遭遇不测。这群畜生！霸占了学堂，又要霸占他的机船。他越想，越觉得憋屈、窝囊……实在没法，拖到第三天，水老虫被迫答应了木村的要求。

木村交付的第一道任务，去城东的陈义茂木行运回木材。那天，鬼子派上两个士兵登船看押，雇佣一位村民帮衬水老虫摇船。天光微明，机船出发；回到寺北街，已是日头西下。木材被送往寺北街的小南山。据说，鬼子要在小南山建立军事基地。

第二道任务，去缥缈山运载水泥。缥缈山在远处的太湖边，往返需两天时间。天蒙蒙亮时，水老虫卷了铺盖，准备出门。妻子扯住他衣角，送他至门口，满含忧郁，吩咐他："路上注意安全。行事多留个心眼。"

水老虫别过头，深情款款地望着妻子，说："你放心，我会小心的。"转而叮嘱妻子，"你呒事不要出门，待在家里。晚上早点关门歇息，闩牢门闩。"

机船在运河中徐徐行走。到底是秋晨的河水，有一种凝稠的、金属的黑，在无声地流淌。两岸村庄、树木渐渐向船后隐去。吱呀吱呀，橹桨声声。水老虫摇橹谛听，往昔悦耳的橹声，今日却显得特别陌生、刺耳。他心悸悸，不踏实。一会惦记着自己的疟水生意，一会又牵挂起妻子儿子……

6

次日傍晚，水老虫踏着夜幕，匆匆回到寺北街。

进入院子，阴冰冷气。杏芬肩倚着门，怔怔站立着，两眼呆滞。在黄昏幽暗的光线下，她的脸折射出凄惨的白光。一见丈夫，她泪水涟涟，呜呜抽泣。

水老虫心里猛地哆嗦，一阵惊怵，赶紧发问："出啥事体？"

　　"哇"的一声，妻子爆发出锦帛撕裂般的哭声……

　　昨日子夜时分，木村趁着酣醺，率两个士兵，夜色中翻墙潜入水老虫的宅子。他闯进杏芬的房间，两个士兵把守房门。失去人性的他兽性大发，不顾杏芬死命反抗，将她奸污、蹂躏。

　　夫妻俩抱拥一起，呜呜哭泣。学堂、机船被霸占，现在老婆又被欺辱，水老虫悲恸欲绝，伤心彻骨。万念俱灰的他，想到了死……一股怒火从心底蹿出，仇恨从每个细胞中滋生，牙齿咬得咯咯直响，牙龈在淌血……

　　几天后。夜深时分，他与杏芬在床笫间亲热，渐入境界时，脑海里陡地冒出木村那张色眯眯、猥琐的脸，一对三角眼贼贼地瞅他，如芒在背。恍惚间，眼前闪出木村赤身裸体，张牙舞爪扑向妻子的场景……他一下子偃旗息鼓，像霜打的茄子，蔫了……走在街上，恍恍惚惚，好像后背有无数双眼睛在盯视他，灼灼的眼光让他抬不起头，使他无地自容。他分明感到，体内多出了一个器官，可恶的木村似乎附着他，植入他的肌体，拂之不去，形影不离。还不时跳将出来，伸出锋利的爪子朝他狂抓，鲜血淋漓；张开血盆大口，死死封住他的喉咙，他几近窒息，透不转气。夜晚，他噩梦连连。梦里，魑魅魍魉包抄他，追逐他，吞噬他……

　　那天，他安排杏芬带了儿子，携上家里所有银两细软，悄悄投奔浙江临安山坳里的姑姑家……

　　水老虫被派去上海真如，运载枪支、弹药。

日照当头，晴空朗朗。机船回程经过阳澄湖。湖水辽阔，渺渺茫茫；微风徐徐，水波荡漾。两个鬼子一会儿监视湖面，一会儿监看摇船的水老虫和村民。

水老虫吩咐村民独自摇橹，自己撂下手里的橹桨，从容走进船舱，端出备好的鱼肉菜肴、一瓮白酒，笑嘻嘻对两个日本兵说："太君，你的，米西米西地干活。"

鬼子兵心生戒备，将信将疑，要水老虫先自己尝吃。

水老虫大口咀嚼着鱼肉，将满碗白酒一饮而尽。鬼子露齿大笑，称赞说："你的良心大大的好。"

两个鬼子蹲身开吃，水老虫边摇橹，边盯着他们狼吞虎咽。

半个时辰后，酒瓮已空。鬼子喝得面红耳赤，醉眼迷离。其中一个摇摇晃晃走到船沿，拉开裤裆，向湖里撒尿。另一个见了，仿佛被传染也立身去撒尿。两人叽里呱啦，比试谁射得远，射得高。

说时迟那时快，水老虫迅捷将油桶内的柴油倾入船板，用火柴引燃纸片，扔到木板上。哧哧哧，火苗如一条火龙从船尾飞速蹿向船头，熊熊大火迅速覆盖了机船。水老虫早拉着村民跳入湖中。鬼子兵惊醒，慌忙端起身边的长枪瞄准水老虫。还没来得及扣动扳机，轰隆，轰隆隆，几声巨响，鬼子的弹药爆炸了，人、船被炸成碎片，葬于湖水……

街市之光

1

每条街都有几个耀眼的人物，他们犹如街市上空的一道异光，是人性草原上结出的奇葩。寺北街的陈正元，便是这样的人，要是缺失了他，寺北街就变得黯然寂寞，了无生气。

清早，寺北街最先醒来的是河滩。天光微明时，早起的人们睡眼惺忪，拖着慵懒的步子，走向市河边的河滩。有提着木桶汲水的，捧着牙膏牙刷毛巾洗漱的，提着竹篮洗菜淘米的，端着盛满衣物的木盆浆洗的。沉寂一夜的妇女彼此照了面，立马眼目清亮，精神提振。她们像树丫上的麻雀，喊喊喳喳闹开了，各自将憋了一宿的话儿悉数倒在河滩上。

"昨日夜里，陈真喝了几碗黄汤，又发酒疯啦，闹得鸡犬不宁，老婆、小狗被打得哇哇乱叫。"陈正元隔壁家的阿婶，脸带鄙夷的神色嚷嚷道。

在寺北街，喝酒称作喝黄汤。而陈真呢，是陈正元的绰号。街上几乎无人不晓，陈正元的癖好是酒，心情好时喝，心情不佳更得喝，喝酒成了他每日的功课。他总要喝得酩酊大醉，不是别人劝他喝，是他嗜喝，贪杯！坐到酒桌，他总是带着炫耀的语气重复着两句话："我是街上唯一将自己灌醉的人；没喝酒之前，我属于寺北街，喝了酒之后，寺北街就属于我。"酒醉回家后，他揎拳捋臂，乒乒乓乓甩东西，打老婆，揍狗。人们戏谑他，像电视剧中的功夫人陈真。

另一位阿婶听后，挤眉弄眼，撇着嘴说道："是咯，这个陈豁牙，平日看似细皮嫩肉，戴副眼镜斯斯文文，人模人样的。一旦沾了酒，简直不是人，像条疯狗，疯疯癫癫。他老婆摊上他，真是活作孽。"

陈豁牙是陈正元的另一个绰号。冬天的礼拜天，寒风凛冽，雪花飘舞。他待在家，独自一人饮酌，一碟咸菜，一盘花生，一盆炒鸡蛋，边啜，边哼着地方小调，从正午一直饮到日落西山。傍晚时分，朋友来邀他，去外面嚯几口。他二话不说，拽着一股酒气出了家。老婆紧追着出门，扯着嗓门叮嘱他："少喝点，你已喝了整整一下午啦！"他连头都没回，大步前去，老婆的话像一阵风刮过……见了酒，他眼里立地闪出神光，同朋友吆五喝六，捉对比拼。半斤白酒落肚，当场烂醉。朋友拽上他，一步三晃回家。北风呼呼，青石路面沾染薄薄的冰雪。他走路摇摇晃晃，一个趔趄脚底打滑，朋友没拽住，一个狗吃屎，重重摔倒在青石上，满脸血污。第二天人们发现，他的三颗门牙不见了！一张嘴，门户敞开，漏风泄气，说话含混、走音，成了豁牙。

2

　　陈正元嗜酒，有悠久的家族史。早年时，寺北街有一爿酒厂，叫寺北酒坊。老板姓杨，生产的是双套酒和糟烧酒。陈正元的父亲叫陈根发，自小随陈正元爷爷学酿酒，技艺精湛，远近闻名。杨家重金聘陈正元父亲为作坊酿酒。人们的记忆里，陈根发的腰间常年别着一只扁形的铜酒壶，晃荡晃荡。有人取笑他，问："你腰里挂着一只宜兴夜壶?"

　　这话可难听，夜壶多产于宜兴，是老人晚间尿尿的。但他闻后，却不恼不火，用手按按酒壶，呵呵呵，一笑了之，一副君子不与小人计较的做派。

　　那铜酒壶可是有来头的。是一件奖品。那年市里举行品酒会，寺北酒坊作为选手单位参赛。参赛的一款是双套酒。专家品尝后啧啧称赞，说：杨家的双套酒沾到唇边，甜滋滋、甘润润；进入喉咙，滑爽甜润，有一股黏稠稠的立体感，醇香四溢，沁人心脾。那次品酒会，杨家的双套酒在同行中以最高分夺得桂冠。为此，杨家开了庆功会，还专门请铜匠浇铸一只酒壶作为奖品，褒奖给陈根发。那只酒壶铜光闪闪，侧面镌刻着二行字，用饱实的魏碑体写就："酒樽藏日月，壶中见乾坤。"

　　酒壶成了陈根发随身佩带的宝贝。白天上班，有空呒空，他不时拎起铜酒壶啜一口，咂咂称道："唉，真解渴。"人家口渴喝茶水，他却喝浓烈的糟烧酒……

　　现今的寺北街，一谈起喝酒，人们总会提及陈正元，纷纷夸他海量，赞他基因好，得了他父亲的真传。

　　陈正元母亲晚年得了绝症。生命垂危时，白天他让妹妹看护，晚上他亲自陪护。每天下班后，他拎着一瓶白酒，几碟小菜，晃荡晃荡来到母亲床前。

　　他一边啜饮，一边与母亲唠叨。

　　"阿元，我最放不下心的是你。你是家里的顶梁柱，上有老下有小，你天天喝得昏天黑地，神志无主，要是出个三长两短，这个家该怎么办？"

　　"娘，没事的，我会注意的。我的酒量大，喝得下酒说明体力好，你安心养病。"

　　母亲唉声叹气，眼里滚出浑浊的泪水。

　　见母亲伤心，往事从陈正元心头浮现。那时的生活苦，苦得像黄连。家中空空，家徒四壁，还时不时揭不开锅。母亲常常一天只吃两顿。早饭时，她喝的是最稀的粥，将厚稠的米粥留给他与妹妹。盛米饭时，她总是把厚实的一碗留给他，说："阿元，多吃点，快点长力气……"

　　母亲含辛茹苦将他们兄妹拉扯大，真真不易。想着，触景生情，一股悲怆从心底活泛出来。他借着酒劲，扑通一声，跪倒在母亲跟前，号啕大哭，涕泪俱下。

闻见哭声，家里人、邻居以为他母亲已往生，纷纷赶来……

有一次，母亲气息微弱地喊着："水，水，我要水喝。"

半醉的他端了酒杯，递给母亲。母亲啜上一口，咳咳咳，被呛得直咳嗽。

那晚，他喝高了，睡得沉沉实实。清早醒来，他招呼母亲。母亲没回应，空气中一片死寂。他快步走到母亲床前，摸摸母亲的手，手粗糙干裂，冰冷冰冷。他惊恐万状，使劲摇着母亲的手，急得哇哇直哭："娘，娘，你不能走，不能走啊……"

亲戚邻居闻讯前来，一时气氛哭哭啼啼、悲悲戚戚。突然，他像疯了似的大笑起来："哈哈，我没娘了，没娘了！现在没人管我了，没人管了，我成老大了！"

话毕，他又稀里哗啦号哭起来……

春日暖阳，和风习习。妹妹家新居落成。陈正元着装簇新携上全家，喜气洋洋去吃上梁酒。

步入餐厅，人头攒动。陈正元径直来到主桌，择主位端坐，嘴里大声嚷嚷："我是大舅子。天上雷公，地上舅公。天上老鹰大，地下娘舅大。这主位该我坐！"

"这位子，你该坐，该坐。"妹夫见状，赶紧走上前附和，神情有些尴尬和羞报。

见他倚老卖老、居高临下的做派，满桌的人默不作声，自顾自捅菜、喝酒。他却显得异常兴奋、活跃。他斟满酒，跳将起来，俨然一副主人的模样，端着酒盅挨个敬酒。敬酒完毕，他盛气凌人发出号令："酒桌上人人平等。我已敬过各位，你们得回敬。来而不往非礼也！"

桌上人识趣，窸窸窣窣，来到他跟前，毕恭毕敬，敬他，并奉顺他说："你是舅舅，得喝好，今天你最大。天上老鹰大，地下娘舅大！"

一轮结束，他又发起了第二轮……

待到第三轮时，桌上的人都悄然离去。他一人孤桌，独摆擂台。自斟自酌，好不威风……最后，他终于将自己灌醉，头枕着双手，趴在桌上，鼾声如雷。

妻子挽住他手臂，回家。他跟跟跄跄，身子一会倒向东，一会儿倾向西，一会儿前跌，一会后仰，像跳着探戈舞。妻子随他一道起舞……一忽儿工夫，妻子累得满头是汗。

行至半路，他嘴里叽里呱啦吼叫起来："尿尿，我要尿尿。"

妻子赶紧弯腰，替他解裤，却发觉地上滴滴答答下起小雨，他的裤裆里水漉漉一片。

推开家门。小狗见主人回来，人来疯，汪汪汪，吼叫。他趁狗不备，飞腿一脚，厉声叱骂道："畜生，谁让你叫。瞎起劲！"

呜哇呜哇，小狗疼得狂叫。汪汪汪，它忍不住又朝他吠叫几声，横他几眼。

这可了得，它竟敢向他挑衅，于是他冲上前，对小狗一阵猛踢。小狗躲闪到墙角，嘴里呜呜，眼中噙泪，不时用眼角的余光瞄他，不敢吱声。

第二天，他起床穿鞋时，发现少了一只，便在屋里四处寻找。最后在橱柜底下找到。他拎起鞋，似乎闻到了一股异味。抬眼发现，鞋洞里油汪汪一泡狗屎。顿时，他怒火万丈，冲到小狗前，一把捏住狗的脖颈，将狗头摁向鞋洞，厉声叱骂道："畜生。畜生！吃，给我吃下！"

小狗拼命挣扎，咬紧牙关，死活不从。他将小狗高高举起，举得肩高，然后狠命朝地上掼去……

小狗记仇。趁他睡着时，将他的眼镜脚咬断。然后窜出家门，逃之夭夭。

3

都说，陈正元人缘不错，侠义，乐于助人。身边人家遇事，他总是出手相帮。农忙时节，他自告奋勇去帮厂里同事家干农活，割稻、收稻、脱粒。收工后，同事用几碟小菜、白酒招待他。见了酒，他乐开花，他好的就是这口！亲戚朋友家盖屋造楼，操办红白喜事，他都不请自到，主动帮助主人张罗活计，忙这忙那、忙前忙后。主人家的酒桌上，自然少不了他的身影。

陈正元是街上五金塑料厂的员工。白天上班，他灰头土脸、蔫头耷脑，像车间里的机器产品，冷冰冰、了无生气。但脑门里只要蹿出喝酒的念头，他脸上立马绽出鲜花般的笑靥，血管里的血仿佛开始汩汩流淌，鼻间弥漫着酒的醇香。他白天在车间，心里盼望着下班，等待那饮酒的高光时刻。晚上睡觉做梦，主题总是一个——啜酒的场景。他似乎永远在酗酒，在灌醉自己。

五金塑料厂创办伊始，处境艰难。难在何处？厂长沈德清说，缺客户，没市场。后来企业规模逐渐增大，效益利润十分可观。沈厂长总结经验时说，他凭的是拉关系，送礼请客喝老酒。沈厂长的口头禅是："送送送，送出一个新世界；喝喝喝，喝出一片新天地。"

客户找上门，厂里热情设宴款待，酒席定点在寺北街的红楼酒家。客户中有不少北方人。北方人能喝，酒量大，崇尚酒文化。上了酒桌，盏来杯去，喝得天暗地黑，煎熬至深夜。沈厂长和科室人员苦不堪言，一时难以招架。沈厂长下车间时，想起喝酒之事，便问车间主任："哪个工人擅长喝老酒？"

主任说："陈正元酒量最大，能喝一斤。"

沈厂长听罢，脸上露出微笑，便记住了陈正元的名字。以后，来了北方客户，他便通知陈正元去红楼酒家，陪客户喝酒。

　　陈正元不愧为陈正元。他凭着过人的酒量和对厂长的赤胆忠心，每次陪喝都不辱使命，力挫群雄，都能让客户喝得心满意足、心花怒放。他帮厂长分担了压力，又赢得了客户。客户、厂长、陈正元都成了赢家，三赢。自从陪了酒，陈正元发现，周围的一切悄然起了变化，厂里领导对他另眼相看，周围工人笑脸相迎，老婆似乎对他温柔有加。他有点受宠若惊，甚至感觉有些飘飘然。日子变得充盈，生活似乎注入动力。每当步入酒店，坐上酒桌，他觉得自己至高无上，与其说他在陪客人，不如说是客人在陪他。酒桌俨然成了他的自由王国，或者说是他的桃花源；他是酒桌的主宰，所有的人都是他的仆役。

　　红楼饭店，苏北厅。那晚，苏北的几位客人，要按他们的规矩喝酒：先是集体喝，各人三杯。再是单挑，彼此喝三杯。陈正元身经百战，隐隐感觉如强兵压境，来者不善。但他脑子转拨快，反应活络，当即反驳道："什么叫入乡随俗？你们身在寺北街，就得按我们这里的规矩来。"

　　客人撇撇嘴，指指包厢的牌子，笑吟吟地说："你看看这是什么厅。苏北厅！在苏北厅喝酒，就得按苏北的规矩办。"

　　陈正元听罢，一时语塞。但，他底气十足，昂起头，挺直胸，威风凛凛犹如立马横刀，说："东风吹，战鼓擂，现在喝酒谁怕谁？！好，就按你们的来！"

　　于是，他让服务员搬来两箱汤沟大曲，每人桌前各竖一瓶。

按苏北的习俗，一套顺序喝过，各人都超过半斤。客人笑嘻嘻提出，让他猜拳行酒令。兵来将挡水来土掩，他似乎早有准备，豪迈地迎战，说："行，哪个怕哪个！"

于是划拳、猜令。双方扯开嗓子，叫嚷："一心敬啊，哥俩好啊，三星照啊，四喜财啊，五魁首啊，六六顺啊，七个巧啊，八仙寿啊，九连环啊，全来到啊……"

几个时辰之后，两箱白酒都瓶底向天，统统被消灭。陈正元便随口嚷嚷道："服务员，再来两箱啤酒，漱漱口……"

鏖战延至凌晨一点。现场杯盘狼藉，一片混沌。所有人都喝趴下，烂醉。呕的呕，吐的吐，睡的睡，还有一位去了乡医院，吊水。

陈正元也喝高了。他神志恍惚，走路飘摇，下楼梯时，一个闪失，脚底踏空，栽了个大跟头，脚踝处锥心般疼痛。在酒店服务员的搀扶下，他去了寺北医院，拍片检查，诊断结果为，两处骨折，必须卧床静养三个月。

第二天上午，厂长知道后，赶忙买了水果、营养品，携妻子前去他家探望。见厂长大驾光临，陈正元赶紧一骨碌坐起，激动地说："厂长，你怎么来了？我的伤不重，不要紧，不要紧的！"

厂长赶忙劝他躺下，坐到床前，紧握他的双手，满怀愧意和不安说："让你吃痛苦了。谢谢，谢谢你。"

临别时，厂长塞他一个信封，里面包着 2000 元钱，并安慰他说："你好好养伤，其他一切不用操心。祝你早日康复！"

如此被抬举，如此被器重，在陈正元是人生初次。他内心阵阵激动，巨大的幸福感自豪感油然而生，眼里噙满泪水……

事后，他满含愧疚地对老婆说："当时着实激动，就连一声谢谢的话都没说。"

4

沈厂长妻子提醒丈夫说："这样喝法，会出人命的。以后还是不要让陈正元陪酒了。"

"嗯。对。"厂长听后，觉得妻子的话在理。

陈正元骨折痊愈后，回车间上班。发觉厂里来了客户，没人通知他陪酒。日子久了，他便显得落寞无绪，快快悻悻。曾经沧海的他，时常沉浸在陪喝的时光里：酒席上，男人间的戏谑调侃，劝酒时恣意激情的挑战，干杯时一饮而尽的豪迈，拼酒时雄霸天下的气概……点点滴滴，无不成为他辉煌而美丽的记忆。

宴席上，老客户似乎惦念着陈正元，时不时问厂长："那个将自己灌醉的陈正元呢，怎么好久不见？"

厂长有些尴尬，搪塞道："他身体欠佳，不宜喝酒。"

那日，一位姓李的北方客人，去车间看望陈正元，陈正元喊他老李。酒友相见，执手相望，涕泪汪汪。当晚陈正元自掏腰包，在路边的小酒馆宴请老李。

桌上，两人你兄我弟，杯来盏去。三杯落肚，血脉偾张。彼此掏心掏肺，似乎有叙不完的知己话，诉不尽的兄弟情。

酒至半酣，老李附耳跟他说："你现在寄人篱下，仰人鼻息，太窝囊了。不如自己注册个公司，单干。你懂生产，我有市场。不怕弄不成。"

陈正元闻后，一阵忐忑，连忙说："不不不，绝对不行。厂长对我不薄，挖厂里的墙脚，我岂不成了无情无义之人。再说我也拿不出这么多资金。"

"我只是随便说说。要是你不感兴趣，就算了。资金呢，朋友可以凑集，以入股的形式参与。"

老李不经意的撺掇，在陈正元的心里掀起滔天洪浪。老李的话时时萦绕耳边，连续数个晚上，他不能入寐。宁做鸡头，不做凤尾。其实他内心渴望改变现状，更有当老板的愿望。但他犹犹豫豫，心里没底气。他去邮局给酒桌上结识的两位客户打电话。在电话里，寒暄叙旧一番后，他将老李的话转述给他们。一位听后，表示反对，说这是不仁不义之事，不能背信弃义。另一位却大加赞扬，支持他这样做，理由与老李的话如出一辙。这下，点燃了陈正元当老板的希望之火。

心动转成行动。他紧锣密鼓，暗黜黜开始筹划办厂的事宜。

筹资金、找厂房、申请执照、招聘员工等等。并给厂子起名：寺北街正元五金塑料厂。

陈正元抖抖索索来到沈厂长办公室。他向厂长问好致意，满脸愧意地将辞职书递交给厂长。他另立门户之事，厂长似乎有所耳闻。厂长堆出笑意，拱手说道："恭喜你。祝你生意兴隆，诸事顺利。"

厂长的豁达绅士，让陈正元一时无地自容，脸上一阵白一阵红。这辈子他从来没遭遇过如此尴尬的境遇。他向厂长弯腰鞠躬，真诚说道："谢谢，谢谢您多年来对我的器重和关心！"

他快快离开厂长办公室。厂长望着他的背影，喉咙间嘀咕一句："白眼狼！"

正元五金塑料厂落成之际，锣鼓喧天，鞭炮阵阵。厂门口鲜花簇拥，花篮林立，锦旗匾额排列成行。沈厂长专门派下属送来两只花篮，以示贺喜。陈正元望着沈厂长的花篮，内心五味杂陈，久久不能平静。

5

正元五金塑料厂一帆风顺，很快走上正道。有他自己的技术支撑、客户的市场支持，当年企业就有了微薄的盈利。

陈正元当上老板，日夜忙碌，忙厂里的事务，更忙于喝酒。几乎每天两顿请客户。很多时候，别人找他，他总是在去喝酒的路上，或在喝酒的桌上。他清醒时，老婆劝他少喝些，注意身体。他嗯嗯点头同意，说道："我是个明白混账人。"

他向老婆坦陈自己的心路历程：去喝酒的路上，他心里不断告诫自己，厂里有一大堆事务在等待他处理，应尽量控制，少喝。可上了酒桌，见了熟人，便盛情难却。一杯接着一杯干，不能自已，直至将自己灌醉。第二天醒来，浑身不自在，脑袋空空，四肢乏力。他懊悔，恨自己缺乏自律，不能自控。恨到伤心处，他左右开弓，边抽打着自己的耳光，边怒骂自己：改不掉！改不掉！狗改不了吃屎！

腊月的一个上午，陈正元闲坐在办公室，恹恹蔫蔫，精神恍惚。

有客户上门，去他办公室。多日不见，相见甚欢，他们各自畅叙别后余情。

客户直率，提醒他说："你怎么回事？说话有气无力，脸色难看，灰里带黑，似乎不太对劲。"

陈正元告诉他："唉，累的！应酬多，天天陪客人饮酒。"

"你食欲好吗？睡眠如何？"

"胃里胀鼓鼓的，没胃口。整日昏昏欲睡，混混沌沌，不能入睡。"

"你还是抽空去趟医院，做个全身检查。这样放心！"

"不用。不必大动干戈。休息几天就好了。"

深冬的夜晚，他突然感觉腹痛，腹肌紧张、压痛。在床上打滚，虚汗淋漓，脸色煞白……一阵膨胀感袭来，膀胱压力骤升，他感觉要大便，便摇摇晃晃去了卫生间。哗啦啦一阵狂泻，身体似乎轻松好多。起身时，一眼瞥见马桶内殷红一片，马桶沿鲜血淋漓。他错愕不已，心里陡地紧张，头眩晕，腿发软，一个趔趄，险些跌倒在地。老婆发觉后，旋即喊了120，将他送往市人民医院。

医院紧急抢救。数小时后，他暂时脱离危险。医生的结论是，肝脏破裂导致出血。因常年酗酒，酒精浸泡，肝脏得不到休息，患了严重的酒精性肝硬化。

陈正元躺在医院打点滴，用药，接受治疗。有时他似睡非睡，迷迷糊糊中失声高呼："干杯，干杯！"

他仰躺在病榻，清醒时，他眼睛半开半合，不时仰望天花板，遐思。人生之路，像电影里的镜头一个个翻涌而出……出乎意料，他记忆最深刻、最生动的，竟无不是酒桌上拼酒的场景。一种莫名的惆怅、沮丧漫漶心间……他心里感喟："唉，成也喝酒，败也喝酒！"

那晚，天空月光微弱，点点星星泛出清寂的寒光。几个朋友相约去医院看望陈正元。

病榻上的他，脸色苍白，身子枯瘦如一根麻秆。朋友走至床头，与他戏谑，轻轻问道："想不想喝酒？"

陈正元挤出一丝笑意，弱弱地回答："嗯，想，想咯。"

旋即，他皱起眉头，脸上露出凄苦的神色说道："这辈子的酒都提前喝光了，看来我与酒无缘了……"

外公和他的女人

1

自我懂事起，外婆下半身瘫痪，整天卧躺床榻。

我不解，问母亲："外婆为啥不能走路？"

母亲两颊闪过一丝羞愧，对我劈头一句："别烦，娘忙着！等你长大了，自然就晓得。"

外公家住寺北街。当时寺北乡是个小乡，下辖三四个村。外公曾做过寺北乡的乡长。父亲年轻时长得方面大耳，天庭饱满，印堂发亮，年少时又"喝过几年墨水"，外公认定他命里有官运，于是相中他当女婿。别人家是丈母娘看女婿，越看越喜欢；外公家却是老丈人看女婿，越看越欢心。父母成婚后，外公着意安排父亲在村里当会计。他要栽培父亲，希望女婿成材，为他脸上贴金。但父亲却让外公失望、伤心。父亲二十出头，心气浮躁，冷板凳焐不热，像白脚花狸猫四处晃荡，一副无所事事的样子。父亲的账本经常漏洞百出，一笔糊涂账。后来，他被迫辞去会计的职务。回家后的父亲，一辈子庸庸常常，无所作为。外公年老后说及父亲，心犹戚戚，常在我面前数落他："你爹是扶不起的阿斗，烂泥糊不上墙！"

礼拜天，母亲常挽着我的手，去看望外婆。外婆的房间阴冰冷湿，充斥着难闻的异味。见了外婆，母亲便忙碌起来。我在一旁帮衬，先给外婆翻转身子，用温水擦洗，轻轻按摩她萎缩的肌肉。外婆的骶骨、大转子、坐骨部位布满了暗黑色的褥疮，床单上污迹斑斑。母亲替她换下被套、床单，放在脚盆，端着去河滩洗刷……

外婆小时候娘家穷，从小吃不饱肚子，常常挨饿，因而沾染了坏习惯，手脚不干净，喜欢小偷小摸。她嫁给外公后积习难改，常偷窃村里人的山芋、南瓜、莴笋、青菜、香瓜、西瓜……外婆偷窃成瘾，胆子越偷越大，发展到盗窃别人的鸡、鸭等家禽。村民对外婆的行迹心知肚明，少了东西只是含沙射影地骂骂嚷嚷，不当面戳穿。那是顾及外公的面子，也慑于他乡长的威势。外公退了乡长的职务，外婆仍我行我素。那晚，外婆拎着麻袋，从后门悄悄溜出。行窃时被村民发现逮住。村民积怨已久，用乱棒猛打外婆，她疼得哇哇吼叫。外婆死命挣脱，拔脚乱窜，逃到一块高岗地。见前无进路，后有围追的村民，她横下一心，从七八米的高处纵身一跃……她两股着地，落地处是一块崖石。

嗯哼嗯哼，外婆整日呼叫，一连几天团缩在床。外公气得七窍生烟，脸色铁青。他生气，赌气，不给外婆医治；埋怨她平素不听劝，如今丢人现眼，让他在街上抬不起头，直不起腰。过了好些天，外公悄悄驮着外婆，去了医院。医生说，股骨大面积粉碎性骨折，已贻误最佳的医治时机。

外婆长期卧床，经常便秘。那次传话来，说外婆已六天没拉屎。母亲买了一串香蕉，差我送去。外婆用桑树皮似的手拉住我，痛苦地对我说："我浑身难受，让我去死，赶快让我死!"我剥了香蕉，送到外婆口里。她张嘴狼吞，一口气咽下五六个。下午，哗啦、哗啦，外婆一泡大便屙在床单上，屋内充斥着恶臭。大人们视而不见，各自忙着自己的活计。我捧了畚箕，去灶膛扒了稻草灰。我走到床前，掀起床单，将粪便倾入畚箕的灰中……那熏天的臭味，连同外婆的苦脸，深深植入我的记忆。

冬天的清晨，外公发现外婆躺在床前的泥地。她身着睡衣，肢体冰冷僵硬……外婆脸上显得宁和安详，没有丝毫的痛苦，似乎对自己的死已坦然接受。亲戚、邻居窃窃私语，猜测她夜晚起床跌倒在地，她没有叫唤，故意让自己冻死。

2

外公大名叫华林生，有个堂兄叫华林兴，彼此年龄相同，个性相仿。他俩幼时生性好动，喜欢耍棍弄棒。少年时，他们一同拜寺北街上的武状元葛世林为师。在武状元的院子里，不论春夏秋冬，还是风霜雨雪，两个少年挥拳习武，天天苦练：踢、打、摔、拿、跌、击、劈、刺……二十岁时，两人都身手不凡，十八般武艺，样样精通，名气蜚声远近。

东洋人进驻寺北街，看上了堂兄华林兴，威逼利诱收买他，让他为日军做事。一日夜晚，新四军干部在村里秘密聚会。堂兄获知后，将消息透给日本人。日军得知消息，迅速调派近百号人，将村庄团团围住。鏖战中，新四军损失惨重，十多位新四军干部仅三人突出重围，其余全部阵亡。得知是堂兄出卖后，新四军断然决定，必须铲除隐藏身边的"地雷"。堂兄武艺高超，行步像飞鹜，出拳如旋风，踢腿似闪电，七八个汉子无法近他身。漆黑的夜晚，新四军布下一口大渔网，蹲守在堂兄回家的路上。堂兄一头闯进，新四军立马收网，将他网住……

地下党找到外公，动员他加入共产党，一起抗日。外公表面迟疑不决，内心却流淌着静气，说："我愿意为共产党出力效劳。至于入党一事，容我考虑再三……"堂兄狰狞的面目时常在外公眼前晃动，他心有余悸。随后的日子里，外公谨小慎微，不显山不露水，默默配合地下党抗日，为老百姓做了许多好事。至于入党一事，他寻找种种理由推辞……后来政府念他威望高，对革命工作有贡献，让他任乡长一职。晚年时外公谈及他和堂兄不同的命运际遇，撂下淡淡的一句话："牛吃稻柴鸭吃谷，各人头上一份福。"

外公从乡长职位退下，被安排在街上的图书站工作，一直干到七十岁才告老返家。说是图书站，其实只有一间房，一扇小木门，室内光线暗淡。进门放着长条形的长桌，围着几张凳子，歪瓜裂枣，破旧不堪。我进去时，常有小孩趴在长桌上阅读小人书。长桌的里面是吧台，很高。外公正襟危坐在吧台后，一米八的个子坐着，高出我们许多。吧台后面，有一木楼梯，通往上面的阁楼。图书站里除少量的《大刀记》《万山红遍》《盐民游击队》《苦菜花》《红岩》《金光大道》等长篇小说（我们称大人书）外，其余的都是连环画，如《小兵张嘎》《地道战》《地雷战》《红灯记》《西游记》等小人书。看得出，外公挺喜欢图书站工作，对图书也很爱惜。他用牛皮纸、糨糊将图书包好，在封面编号、写上书名。他的毛笔字很漂亮，魏碑体，铁画银钩，透出一股金石味。发现图书的纸张脱裂，他用麻线、铁针，耐心细致地修复。借书阅读要付钱。小人书，一次5分钱；大人书，一次8分钱。上小学、初中时，我常去外公的图书站。他一本正经，佯装彼此不认识。我选中图书便去吧台，他扯着嗓子对我喊："小人书一本，5分钱。"交了钱，我去桌前坐下翻看，沉浸在故事中。还书时，他眨眨眼，将钱悄悄塞回我手心。捏着退还的硬币，我心里像做游戏似的在发笑。有时他眯细眼睛，用书中的情节考问我："看完了？孙悟空是人还是猴子？猪八戒、沙和尚、孙悟空、唐僧哪个是好人，哪个是坏人？"

小时候，我个头矮小，长得瘦弱，村里伙伴老欺负我。见了外公，我缠住他，让他教我习武。外公似乎洞见我的内心，笑呵呵搪塞道："你还小，等你长大后再教你。"我只得朝母亲发脾气，哭嚷着，要她去求外公教我。母亲拗不过，真找了他。外公板着脸，正颜厉色地斥责母亲："别跟着小孩子瞎嚷呼，有了身手会留祸根，日后会惹事。"

3

念了高中，功课一下子紧张，我难得去外公的图书站。那天上午，外公来教室找我，说中午有要紧事，让我去图书站临时顶替他。中午，我学着外公的模样，坐在吧台后，盯望着门口。不是节假日，借书阅读的人稀稀落落，零星几个。坐着寂寥，我对外公的阁楼滋生出神秘的感觉。小时候，伯父家有一处阁楼，是我们欢乐的小天地。堂兄常领我去他家阁楼，翻箱倒柜，过家家，捉迷藏……我蹑手蹑脚爬上楼。阁楼矮小、昏黑。我摸到门旁的开关，扭开灯，眼前豁亮。阁楼空空荡荡，只有地板上铺着一床被褥，原来阁楼是外公的休息处。我有些扫兴、失望。准备反身下楼时却发现，枕边有一沓皱巴巴的方格稿纸。我俯腰捡起，发现首页写着歪歪斜斜的两行字："少女之心，作者柳曼娜。"我骤然记起，班上的男同学暗地里交流过，他们曾相互传阅《少女之心》的手抄本。我捧着稿纸下楼，回到吧台急急阅读起来。

　　手抄本叙述了一个叫曼娜的女生和她的表哥、男友的恋爱和性爱。我为书中的情节生生吸引，优美的文字，大段大段的性描写，赤裸裸的场面感，初次接触如此性感露骨的文字，我的脸像火燎，辣豁辣豁的。人顿时头重脚轻，呼吸急促紧张。我的下体渐渐硬朗……草草读完，我赶忙爬上楼，将手抄本放回原处。然后溜出图书站，在无人墙角处，撒了一泡尿。外公回来时，我的心还悬着，如坠云里雾里。我低着头，不敢正眼看外公，牙缝里挤出轻轻的一句："我回学校了。"我仿佛做了亏心事，逃也似的离开图书站……随后的数个晚上，我艳梦不断，梦里还几次"跑马"。有个疑问一直萦绕我脑海：外公这么大年纪也看《少女之心》，他的手抄本是从哪里来的？

　　外公人长得高大，自小习武，修得一副魁梧的身板。他端着"铁饭碗"，月月有不薄的薪酬。这无疑对身边女子有极强的杀伤力。加上外公花心，常招蜂引蝶，莺莺燕燕，不少女子都围他转。街坊流传，有一次他去点心店吃馄饨。点心店的老板娘是个美人，身材婀娜，两臀飞翘，丰腴的脸蛋嵌着扑闪的丹凤眼、高高的鼻尖、圆圆的小嘴唇。周围人喊她"馄饨西施"。外公见后立时动心，坐在店堂两眼放光，眼乌珠好像要蹦出。待她来收拾碗具，外公将一张簇新的一百元钞票折成小方块，藏在碗底。外公涎着脸，眨着眼暗示她收下。那时百元大钞新鲜出炉，一百元已是不小的数目。"馄饨西施"羞答答，悄然笑纳。外公第二次去点心店，"馄饨西施"走到他跟前，他将一百元钞票塞在她手心，乘机轻轻摩挲她的手指。她红着脸，嫣然一笑收下。第三次，外公伸手摸捏她紧实的屁股，她咻咻笑，含嗔嘀咕："人多眼众，多难看！"外公暗喜，觉得已探了她的底。外公大胆相约，让她空闲时去图书站找他。下午点心店打烊，"馄饨西施"径直去图书站找外公。她一去，外公哄散店里的小孩，闭上门，躲进阁楼……他们频频幽会。时间长久后，外公和"馄饨西施"的暧昧关系被她丈夫发觉。有一天，她丈夫手握斧子，劈开图书站的门，将他们捉奸成双。愤怒的他挥舞斧子扑向外公。外公一闪，一反手，拽住他的手，使劲一拗，他立地疼得哇哇乱叫。面对身怀功夫的外公，"馄饨西施"的丈夫哪是他对手？她丈夫只得憋着一肚子的怒火，败下阵来。外公赶走围观的人群，关上大门。两人坐下，四目对视，桌上谈判。最后达成私了……

　　一天晚上，我听到父母细声低语，在谈论外公。

　　父亲说："这次老丈人出奇地姿态高，不但认了错，还承诺断绝与'馄饨西施'的往来。"

　　母亲说："可能自觉理亏吧。毕竟做了对不起人家的事。"

父亲说："听说老丈人还主动拿出一大笔钱，补偿他。"

母亲说："他是铁公鸡，对家人一向小气。估摸给不了几个钱。"

父亲咧嘴嬉笑，逗母亲说："下次遇见，你当面问问他。"

母亲嗔道："十三点，不是去讨骂?"

4

冬日午后，外公的老伙伴"水老鸭""弯喇叭"围在日光里孵太阳、扯老空，从村里聊到村外，从民国聊到抗战，从旧社会聊到新社会。自然，聊得最多的是女人，三人都好这一口！外公的女人缘不断，经历"馄饨西施"风波后，他似乎汲取教训，学乖学精了许多，他专寻单身女子交往。"弯喇叭"是出名的大嘴巴，说话尖酸、刻薄，专揸别人的软裆。他讥笑外公，说他撩逗的都是寡妇，是"寡妇杀手"，身后的寡妇起码一个加强连。外公不以为意，笑嘻嘻涎着脸皮反击道："我在学雷锋，做好事，是济贫助困……"

日薄西山，屋边树上的麻雀准备栖息，叽叽喳喳，喧嘈不已。外公立起身子，说："辰光不早了，到此为止，回家吃夜饭，困觉。""水老鸭"不肯将息，提出上自己家涸老酒。他唻瑟地告诉两人，家里藏有两瓶多年的洋河大曲。听说有美酒伺候，外公、"弯喇叭"哪肯错过？他们口水涟涟，抖擞抖擞去了。四方桌上，每人半斤老酒下肚，个个脸上闪出红光，凸显的青筋似曲蟮在蠕动。"弯喇叭"摇动薄嘴唇，开始挤对外公："你旧社会究竟做了啥事体，以后能从政府手里捞到乡长的职位？"外公一愣，回过神，以愤然、不屑的神情回呛一句："我提着脑袋拼命时，你们在哪里逍遥？""弯喇叭"闻后哑口，虚坐着，干瞪眼……外公微醺，既已开口，嘴巴刹不停，像酒气无法捂住滔滔不绝，一泻千里。

寺北街位居南北要冲，水上交通便捷，码头上舟楫林立，南来北往的商贾云集于此。那时，寺北街上有一家怡春院，人们私下都叫它野鸡堂。夜晚的怡春院霓虹闪烁，在此歇脚的船客纷纷上岸，将大坨大坨的银子挥霍在女人身上。怡春院一时门庭喧哗，熙来攘往。地下党安插外公在怡春院，边做保镖，边为地下党搜集情报。怡春院是风月场所，藏垢纳污，蛇虫百脚出没，乌龟王八汇聚。外公凭着一身绝技，拼拼杀杀，将怡春院拾掇得服服帖帖、太太平平。他成了这里的定海神针。同时，还截获了许多有价值的情报，怡春园也成为党的地下联络站。外公浸淫其间，深谙男欢女爱之道……

第二天醒来，外公拍着大腿懊悔，埋怨自己酒后乱了方寸，将囤在心里几十年的秘密和盘托出；又怨恨那两个老伙伴借机挖坑，诱他钻网，捅了自己的老底……

5

　　阳春四月，日光朗朗。外公行走在街上。在街的转弯处，他突然眼睛豁亮，望见前面步来一位时髦女子。她一肩金色鬈发随风波动，缕缕金光忽闪忽闪，耀眼迷人。女子近身时，外公看清，她五十岁开外，眼里一泓幽蓝，深不见底。乳白而略显松弛的脸蛋，鼻尖高高拔起，猩红的两唇厚实而性感。她穿着黑色的呢裙，踮着脚尖，一步一摇迈走，姗姗款款。擦肩而过的瞬间，她朝外公浅浅一笑。仿佛前世今生有缘，外公一时心旌摇曳，失了魂魄。等他反应过来，她已移步而去，只留下淡淡的一缕香水味。

　　她如仙女下凡，气质神韵让外公倾倒折服。他急于搭识她，便四处询问，探听她的消息。最后他弄清，女子来自上海，住寺北乡街的上河东街 5 号。接连几天，外公在上河东街 5 号附近溜达转悠，候守着。见她出门，便迎上前，热情搭讪："侬好。啥辰光来下乡咯？"女子一听外公操着夹生的上海话，心理距离缩短许多。又见他长得倜傥潇洒，谈吐大方，不像一般乡下人没见过世面，小样，畏畏缩缩。她似乎有了好感，便放下上海人的身架，与外公热络攀谈。

"侬怎么会来乡下?"

"清明节来乡下扫墓。为阿拉丈夫。"

"侬丈夫是本地人?"

"他自小生活在寺北街。后来在上海念大学，毕业后分配到上海外洋轮船工作。他曾担任大副，一辈子在船上。前几年他身患绝症走了。按他生前的意愿，骨灰下葬到寺北乡。"

"喜欢茗茶吗？我请侬喝本地的名茶，碧螺春。"

"阿拉不喜欢喝茶。喜欢咖啡。"

"好。我明早请侬喝咖啡。"

在街上兜兜转转，外公找不到咖啡。他立马坐公共汽车进了县城。在县城的商场，他买到了雀巢咖啡和伴侣。他选购了一套锃亮的银质咖啡餐具：一个咖啡壶，两个咖啡杯。

第二日清晨，外公邀她去喝咖啡。她起始迟疑、腼腆，推辞着。外公却竭力劝说、撺掇。似乎为外公的赤诚与真情感动，她屁颠屁颠，随外公去了图书站。两人品咂咖啡，叙聊得出奇投缘。她眉开眼笑，情绪微微激动，噼里啪啦将前尘往事道出。

她的亲生父亲是荷兰人，年轻时来上海做贸易生意。生意风生水起。夜晚寂寞，他常去百老汇跳舞，结识了一位苏北农村的舞女。两人彼此相好，情笃意切……后来上海开仗，战火纷飞，人人惶惶不安。她父亲被召回荷兰。那时，她生母已怀上她。几月后，她呱呱落地。迫于舆论与生计的压力，她出生没几日，生母将她送给老西门附近的一家养育堂。不久，她被一家姓潘的人抱走领养，取名潘旭兰。她长大后，从养父母口里知道自己的身世。得知自己是荷兰血统后，她便改名为范兰。

外公好奇，忍不住问："为啥改名?"

范兰说："当时国门刚刚洞开，大家都有些崇洋媚外，羡慕外国人。阿拉年轻，贪图虚荣，取了个与自己国籍有关的名字。在荷兰语中，'范'就是'来自，出自'的意思。范兰就是来自荷兰之意。"

6

范兰原打算在乡下小住几天。与外公交往后，却整整待了一个月。阳光下，外公一手擎着花阳伞，一手挽着范兰的肩，亲昵地踏步在窄窄的巷子里。他们去田边采摘野花野草，捧回后插在花瓶中，两人一起赏花、喝咖啡。他们常在"和尚饭馆"里小酌，杯来盏去，猜拳行令，像一对老哥们。他们的举止招来热切的目光，指指戳戳地议论，"老风流""老骚货""精怪""妖狐狸"。外公和范兰一时成了街上一道奇异而靓丽的风景。

　　范兰去了上海。"水老鸭"提着两瓶尖庄白酒，邀上"弯喇叭"，去外公家聚酒。失意落寞的外公，心里暖乎乎的。吱溜吱溜，酒至尽兴处，"水老鸭"黏糊糊的脸凑近外公，色色地问："她的家伙大不大，功夫如何?"外公一下明白，他俩故技重演，摆的是"鸿门宴"，诱他酒后吐真言。这次外公沉着应对，定力满满，嗯嗯啊啊，诈酒三分醉，始终没提及范兰半个字。等到酒瓶朝天，"水老鸭""弯喇叭"自觉无趣，怏怏离去。回家的路上，"水老鸭"对"弯喇叭"说："这老贼守口如瓶，莫非真动感情?!""弯喇叭"不语，垂头走路，神情有些低落。

　　两周后，范兰拖着大包小包，重返寺北街。外公见着她，一个激灵冲上去抱住，给她一个长长的亲吻……范兰告诉外公，上次回来准备变卖乡下的房子，常住上海。这次去上海，已将上海的房子包租给中介公司，想长住乡下。外公喜出望外，顺水推舟，住进范兰的家——上河东街5号。

　　外公和范兰交往，子女们心藏不满，暗里梗阻。外公年纪一大把，干出惊世骇俗的事，小辈们都觉得丢人现眼，尽失面子。舅妈惦记着外公的钞票和财产，逢人便讲：范兰是冲着外公的家产来的。外公的钱财让外人分享，她无论如何不愿意，不答应……后来知道范兰有自己的退休金，还拥有几处房产，她便不再吭声，默许。

　　外公生性洒脱，范兰有荷兰人热爱自由享受生活的浪漫基因，两人真是天造的一对、地设的一双。随后的近二十年生涯中，两人相濡以沫，安度晚年。一次，范兰生病卧床，外公让母亲去照料。母亲早上去，晚间归。回来时，她从口袋掏出一只空塑料药瓶，瓶的外壳全是英文字。母亲不放心，偷偷将空瓶带回。她不懂英文，只得问我："那是什么药?"我查了英文字典，原来那药叫万艾可，即坊间常说的伟哥。我心知肚明，那是性药，美国产的。我羞于说出口，敷衍母亲道："那是普通的保健品，保护心血管的。"望着药瓶，我又想起了外公阁楼的那本《少女之心》手抄本，仿佛一下子回到那懵懂的岁月……

7

每年的大年三十，范兰通知舅舅家、阿姨家、我家，去上河东街 5 号吃年夜饭，欢度除夕夜。人多，开两桌，大人一桌，小孩一桌。大人在客厅，小孩在房间、床头。年夜饭比别家丰盛，范兰不善烹煮，冷菜、大菜都外买，请饭店烧煮后取回家。菜肴多是平时难得吃到的河虾、清炖鸡、红烧鸭、东坡肉、清蒸鳜鱼等。酒桌上，范兰端坐主位，身穿黑色貂皮大衣，气质高雅、风度翩然，气场压盖一切。她谈笑风生，不停喝酒、劝酒、劝菜，边吃边讲述沪上过年的风俗、上海滩的传奇、风流韵事。众人受她渲染，仿佛开了眼界，得了洋气，嘻嘻哈哈，气氛活跃，融融洽洽。

年夜饭临近尾声，范兰从皮包掏出备好的红包，分发压岁钱。凡是没成家的，在她眼里都是小孩，见者有份。回家的路上，母亲便要我交出红包，说是代为保管。母亲得了红包，先在手里摸捏一番，掂掂分量，然后一张张掏出来，点数着。数完钱，母亲抑不住兴奋，对父亲说："她出手大方，不抠门，一点不像上海人。"父亲回呛一句："她本来不是上海人嘛！"她的红包开始是300元，后来逐渐涨到500元、1000元。

外公75岁时，又出洋相，闹出大笑话。那晚，父母接到电话，说外公和范兰病危，在医院抢救。父亲喊了出租车，带上母亲，风风火火赶到医院。母亲向医生了解情况，医生的脸上呈现出不屑的神情，幸灾乐祸对母亲讲，他们各自吃了三粒伟哥药丸。因剂量过大，外公当场脸色煞白，大汗淋漓，几近虚脱昏迷。范兰服后，头晕恶心，呼吸急迫。情急中，她立马呼叫120，救护车将两人送往医院抢救。

因抢救及时，两人挽回了生命。范兰稍年轻，身体完好。外公却留下后遗症。出院后的外公两腿瑟瑟，无法站立；说话结结巴巴，话不成语。医生说，外公患了帕金森综合征。生命的最后几年，外公要么躺卧床笫，要么坐在轮椅上。范兰经常推着轮椅，带外公在街上转悠，晒太阳。

深秋的午后，日头慵懒无力。稀薄的阳光映照在青石路上，落下一地碎银似的光影。我行走在巷子中，与外公、范兰劈面相遇。我快步上前，弯下腰，紧握外公的手，呼喊："外公，你好。"外公似听而不闻，面部呆滞冷漠，没有丝毫反应。范兰低身摇摇他的手，说："你外孙在招呼你。"突然，外公一个前倾，猛地一把攥住范兰的手不放，嘴巴嗫嚅，却说不出话，浑浊的泪水从眼眶里滚出……